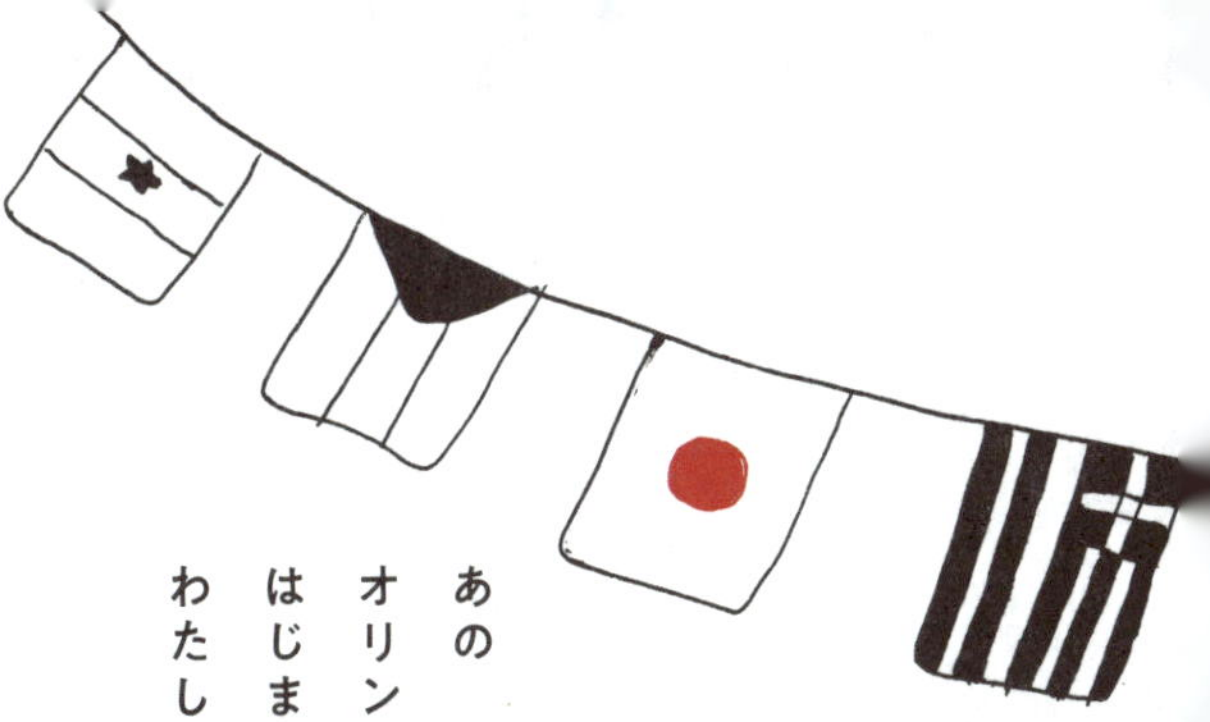

あの
オリンピックから
はじまった
わたしの一歩

リスタート!

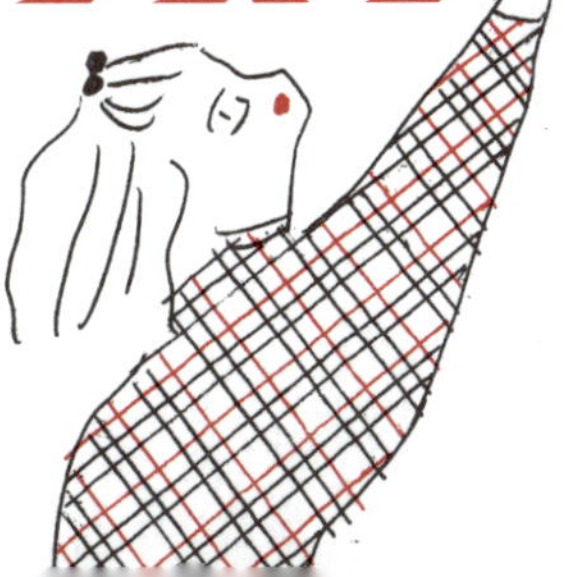

伊多波 碧
Midori Itaba

出版芸術社

リスタート！

あのオリンピックからはじまったわたしの一歩

装丁　アルビレオ
装画　庄野紘子

目次

第一話

リスタート

1964東京オリンピックの開催に向け、競技施設のほか、東海道新幹線や地下鉄、東京モノレール、首都高速道路、東京国際空港など、さまざまな交通機関や道路の整備も行われ、その経費は1兆円に迫る勢いだった。

1

来年のオリンピックには、何の競技を観戦しようか。

一九六三（昭和三十八）年六月初旬の夕暮れどきのことである。

愛子《あいこ》は台所でビフテキを焼きながら考えた。チケットが発売されるまでに候補を絞っておきたい。

開会式は当然行くとして、他にどの競技を観にいくのか。東洋の魔女贔屓《びいき》の愛子はバレーボールと言い、夫の浩《ひろし》はアベベをぜひともこの目で見たいと言う。

水泳も、体操もいい。どうせなら女子選手を応援したい。けれど、夫はあまり女子の競技には関心がないようで、絶対にマラソンがいいと譲らない。

香ばしい匂いのしてきた肉を裏返し、愛子は決めた。

マラソンに興味はないけれど、今回は夫に譲歩しよう。

いつかまた東京でオリンピックが開催されるときがきたら、そのときには愛子に合わせてもらえばいい。次があるとしても、きっと二十年後か三十年後だろう。その頃には夫も仕事を引退しているだろうから、二人が観たい競技の両方に行けるかもしれない。

今日の夕飯では、そんな話をするつもりだった。

忙しい夫を元気づけるために松阪牛を奮発したのだ。きっと喜んでくれると思っていた。厚めに切った肉に塩胡椒《こしょう》をして焼き、甘辛い玉葱《たまねぎ》のソースをつけて食べるのを、前から夫は好んでいた。

付け合わせはほうれん草のおひたしに、豆腐の味噌汁。力のつくビフテキもいいけれど、脂っこいものばかりでは中年太りしてしまう。妻としての心配りのつもりだった。

このところ、夫は帰宅が遅いのである。今日も夜八時を過ぎてから、ようやく帰宅した。

「すまん」

食卓を見るなり、夫は詫びた。

「お昼、お肉だったの？」

「いや、そうじゃない」

それなら何だと言うのだ。愛子は冷蔵庫からビールを出し、栓抜きと一緒に食卓へ出すと、夫の向かいに腰を下ろした。

今日は一日蒸していた。窓を開けても生ぬるい風が入ってくるばかりで、却《かえ》って暑苦しく、愛子は夫の帰宅時間を見越してクーラーをつけていた。

涼しいはずの台所で、夫は汗を掻《か》いていた。背広を着込んでいるからだ。普段は帰宅してまず服を着替えるのに、今日に限って夫はそのまま食卓についた。

「食事の前に話がある」

何かしら。

いつにない神妙な面持ちに、思わず身構えた。

「少し入院することになった」

心臓が、トンと音を立てて鳴った。

「……どういうこと？」

愛子は夫に問いかけた。中年太りを気にかけていても、これまで病気の心配はしたことがなかった。夫は大学時代にラグビーをしていたスポーツマンで、まだ三十六なのである。

「健康診断で引っかかった項目がいくつかあったんだ」

「いくつか、って？」

「うん」

夫は浅くうなずき、目を逸《そ》らした。

「詳しいことは、検査が終わってからでいいか」

結局、松阪牛は食べられなかった。

夫が入院すると聞き、ショックで何も喉を通らなくなってしまった。お医者様はどうおっしゃっているのか、どんな病気の疑いがあるのか、訊ねたいことはたくさんあったが、夫は教えてくれなかった。しつこく食い下がるのも怖くて、愛子は訊きたいことの半分も言えなかった。

手つかずのステーキを冷蔵庫に入れていたら、三波春夫の歌声が聞こえてきた。夫が隣の洋間でテレビをつけたのである。

三波春夫が歌っているのは、来年の東京オリンピックに先駆けて発売された新曲だ。『東京五輪音頭』と、そのままの名前がついている。

はじめて聞いたときはいい歌だと思ったのに、今は耳障りでしょうがない。夫が病気かもしれないと心配しているときに、オリンピックの歌など聞きたくなかった。耳をふさぎたくても、呑気な歌声は台所にまで響いてくる。

嫌な歌――。

八つ当たりだが、愛子は『東京五輪音頭』が大嫌いになった。

その週のうちに夫は入院した。

「病院には来なくていいから」

一緒に車へ乗り込もうとすると、夫にやんわり拒まれた。

「そんなわけにいかないでしょう」

夫が入院するのに、付き添いをしない妻などいるものか。愛子は自分も病院へ行くつもりで、昨夜のうちに支度をすませていた。

けれど、夫は駄目だという。

「下手に騒げば、記者に気づかれる」

それを言われると何も返せない。

夫は区議会議員である。健康問題に不安があるとなれば進退に関わる。検査入院だとしても、世間に隠すのは当然のこと。愛子は納得し、病院へついていくのを思いとどまった。

夫はいつもと同じ書類鞄一つで迎えの車に乗り込み、病院へ向かった。

確かに夫の言い分は、もっともである。

だから、はじめは言いつけに従うつもりだった。

けれど、ただ待っているだけでは神経が持たない。居間で趣味の刺繍《ししゅう》をしていても、つい レースのカバーをかけた電話にばかり目がいく。

夫からの連絡は、まだない。検査の結果が出るまで、どれくらいかかるのだろう。このままでは居ても立ってもいられず、気がおかしくなりそうだ。

翌日、愛子は夫に叱られるのを覚悟で病院へ向かった。記者にばれないよう変装のつもりで、地味なカッターシャツに灰色の膝下丈のスカートを合わせ、日傘を差した。

受付で夫の名を告げ、夫の病室はどこか事務員に訊いた。

すぐに教えてもらえると思ったのだが、長いこと待たされた。用心して表向きは別の名で入院しているのかもしれない。

愛子は待合室の固い長椅子に腰かけた。病院には重病の患者も多く、独特の緊張感がある。人に顔を見られないよう、俯《うつむ》いていると、ふいに目の前に人影が差した。

顔を上げると、義母が冷たい目で見下ろしていた。

「あなたは来なくていいのよ」

低い声で言うなり、愛子の腕をとる。有無を言わせず長椅子を立たされ、そのまま病院の外へ出された。

「なぜ来たの」

品のいい小千谷縮《おぢやちぢみ》をまとっている義母に責められると、身が竦《すく》んだ。記者を怖《おそ》れ、地味な格好をしてきたせいで気後れする。

「検査のことが心配で」

「素人が心配したところで、どうにもならないでしょう。あの子のことはわたくしに任せて、あなたは帰りなさい」

苛立った口調で返され、愛子は黙った。

義母は眉間に皺《しわ》を寄せている。六十半ばながら、二回りも下の自分から見ても美しく、どこにも隙がない。白粉顔で睨《にら》みつけられると、どうしようもなく萎縮してしまう。

「あの、検査結果は出たのでしょうか」

やっとの思いで、それだけ訊いた。

「まだよ」

「いつ頃になるか、ご存じですか」

「さあ」

義母は愛子の声にかぶせて言うと、ぷいと横を向いた。

「昨日入院したばかりなのに、何をそんなに騒いでいるのですか。結果が出たら連絡しますから、早くお帰りなさい。人に見られますよ。新聞に書かれたら、あなたどう責任をとるつもり」

義母にも夫と同じ注意をされ、愛子は病院から追い返された。わざわざ行った甲斐がなかった。しばらくの間、悶々《もんもん》と義母からの連絡を待つ日々が続いた。

夫が癌《がん》だと知らされたのは、入院して十日ほど経った、六月の半ば過ぎだった。じとじと雨の降る、嫌な日のことだ。義母からの電話は夕方にかかってきた。検査の結果、胃癌とわかった。既に手術もすませたという。予想以上に重い病名に、背中がじっとりとぬれた。愛子が受話器を握ったまま絶句していると、義母が電話を切ろうとした。あわてて取りすがると、長いため息をつかれた。

「あなたのせいですよ」

「そんな――」

「あなた、洋食ばかり出していたそうじゃないの。あんなものは、おいしいだけで体に毒なのよ。あなたのつくる食事のせいで、あの子は病気になったんです」

愛子は唇を噛《か》みしめた。ショックを受けている場合ではない。自分は妻なのだ。きちんと話をつけないといけない。

「お見舞いにいきたいのですが」

「今は無理よ。術後ですもの」

「でしたら、少し落ち着いた頃にまいります」

愛子が言うと、義母は鼻を鳴らした。

「わかってないわね。あの子が病気になったのは、あなたのせいだと言ったでしょう。誰がそんな妻に会いたいと思うの」

夫は、愛子との面会を拒んでいるのだという。

春の健康診断で再検査となったときも、夫は実家の両親にだけ打ち明けた。今回の入院も然《しか》り。事実、愛子は何も聞かされていなかった。まるきり信用されていなかったということだ。

「申し訳ありません」

愛子は受話器に向かい謝った。妻として半人前なのは自分でも承知している。姑《しゅうとめ》に嫌味を言われるのにも慣れていた。

「まあ、いいわ」

義母は愛子の謝罪を受け流した。

「近いうちに、こちらから連絡いたします。あなたのご両親とも、ちゃんとお話ししないといけませんね」

電話を切った後、愛子はその場にうずくまった。

夫が癌になった。その事実を妻の自分は知らされなかった。何から考えていいものやら、頭が混乱している。手術をしたと義母は言っていた。つまり、まだ治る可能性があるということか。

手術をしたというが、どれくらい進行しているのだろう。

病状はわかっているはずなのに、義母は教えてくれなかった。電話では言えないほど進行しているのだろうか。言えば、愛子がうろたえると心配したのか。それとも、愛子には教えたくないのか。

義母の言った通り、夫が愛子を恨んでいるのだとしたら。

その可能性を思うと、息苦しくなった。病気になるような料理を出していたつもりはないけれど、本当は前から不満だったのかもしれない。言ってくれれば直したのに、夫は黙っていた。愛子に遠慮していたのか、あるいは言っても無駄と諦めていたか。

わたしが頼りないから——。

食事のことばかりではない。愛子が政治に疎いことを、夫はよく思っていなかった。新聞を読んで勉強していたつもりだが、それでは不足だったのだろう。

考えれば考えるほど、気持ちが落ち込んだ。矢《や》も楯《たて》もたまらず、愛子は家を飛び出した。大通りへ出てタクシーをつかまえ、夫が入院している病院へ向かった。

ともかく直接、話がしたい。本人の口から聞きたい。その一心だった。なのに、また会えなかった。既に退院したという。

「それなら、どこへ行ったのです？」

思わず詰問すると、受付の女性は困った顔をした。当然だ。知っているはずがない。逃げるように病院を出て、どうやって帰宅したのだったか。

気がつくと家にいた。どこかで転んだのか、膝から血が出ている。痛みに気づかないほど動転していたことにうろたえた。

誰の声もしないのがつらくてテレビをつけると、また三波春夫が出てきた。咄嗟《とっさ》にチャンネルを替えようと思ったが、それも悔しくてそのままにした。夫は歌謡曲が好きではないが、かまわないだろう。

どうせ帰ってこないのだから。

ようやく愛子は認めた。自分は夫に逃げられたのだと。

その日を境に見える景色が変わった。

夫とは、平凡な見合い結婚だった。

愛子が二十二歳のときである。

当時は丸の内の商事会社でＯＬをしていた。短大を卒業した後、おつとめをしてみたいとわがままを言ったところ、父が知り合いに世話を頼んでくれたのだ。結婚が決まるまで、という約束だったが、母はいい顔をしなかった。まともな家なら、嫁入り前の娘を外に出したりしない。縁談が決まるまで家にいるもの、というのが母の考えである。

見合い話がきたのは勤務二年目のこと。

これでおつとめもおしまいね、と母は言った。一度は認めたものの、やはり娘を外に出すのが心配だったのだろう。母は愛子に黙って会社へ退職届を出した。勝手なやり口には反発したものの、ちょうど愛子もおつとめに飽きてきた頃だった。

短大を出たといっても仕事はお茶汲《く》み。本気で職業婦人になるつもりもなく、一度は丸の内で働いてみたかっただけのこと。端《はな》から結婚が決まるまでの腰かけで、いつまでも続ける気はなかった。

縁談を取り持ったのは、山村のおじさまだ。

父とは東京帝国大学の同窓で、ボート部で共に汗を流した仲間でもあり、いまだに親しく付き合っている。家にも年に何度か食事にくるから、愛子も子どもの頃から知っている。実に温厚で人当たりのいい紳士だ。都庁におつとめで出世しているから、顔も利く。娘が行き遅れになるのを案じ、母が山村のおじさまに紹介を頼んだのだ。

父が開業医をしている愛子の家と、祖父の代から区議会議員をつとめる浩の家は釣り合いも取れており、すんなり話がまとまった。愛子は寿退職して家庭に入った。

それから八年。

子どもができずに三十路を迎えたことを除けば、平穏に暮らしてきた。まさかこんな目に遭うとは夢にも思ったことがなかった。夫がどこにいるかも知らされていないなんて、実家の両親にもみっともなくて言えない。

本当に、どうしていいものやら。

夫が入院して以来、愛子の生活は平板になった。とにかく何もやることがないのだ。食事や洗濯の世話もない。自分ひとりのために料理をしようという気になれず、愛子は痩せた。せめて身の回りの世話をしたいのに、それもさせてもらえない。

思い切って夫の実家を訪ねたが、けんもほろろに追い返された。玄関口に出てきたのは、住み込みのお手伝いさんである。

「奥様はお留守です」

何度行っても同じだった。電話をかけても居留守を使われた。

せめて夫の病状を教えてほしいと頼んでも、とうとう義母は顔を出さなかった。役立たずの嫁は帰れと言わんばかりに、お手伝いさんにまで冷たくあしらわれる始末。しばらく粘ったが、しまいには目の前で玄関のドアを閉められてしまった。

夫の実家を後にすると、真昼の日差しに正面から射られた。うつむくと、今度は白っぽい照り返しがくる。オリンピックを控え、都心の道路には一斉にアスファルトが敷かれた。そのせいで照り返しがきついのかもしれない。愛子は顔をしかめ、日傘を差した。頭痛がするのは寝不足のせいばかりではないだろう。

東京はオリンピックの準備で、至るところで工事をしている。来年の開催までには地下を走る電車と新幹線が開通するという。完成すれば便利になるのだろうが、今のところは中途半端だ。どこへ行くにも通行止めに引っかからないところがなく、少し歩くと靴が砂で真っ黒になる。

大通りに出た途端、愛子は軽い目眩《めまい》を感じた。地面を掘り返す機械の音がやかましくて、耳をふさぎたくなった。

いつまでこんなことが続くのかしら——。

機械の音に負けじと、鳴きわめく蟬の声を聞きながら、ため息をついた。

六月の入院から早くも二ヵ月が経っている。その間に梅雨が明け、夏が来た。気がつけば八月も中旬。道理で暑いはずだと、愛子はハンカチで汗を押さえながら思った。

夫はどうやって過ごしているのだろう。病身に夏の暑さは堪《こた》えるはずだ。新聞を開いても、目につくのはオリンピックのことばかりで、都議会議員の夫の名前は見当たらない。病のことはうまく隠しおおせているようだ。

今はどんな治療をしているのか。苦しい思いをしているのか。日差しに射られていると、知りたいことが胸で渦を巻き、じりじりしてくる。退院になったら、夫はどちらの家に帰るのだろう。

帰宅すると、玄関先に中年の女性がいた。

「母さん」

誰かと思えば、実家の母だった。

「なあに。そんなところで待っているなんて。電話してくれたらよかったのに」

目が合うなり、愛子は笑顔を取り繕った。

母はサマーウールのツーピースを着ていた。電話をくれれば、出かけず家にいたのに。何もこんな暑い日盛りで待っていることはない。母の暗い顔が気がかりで、愛子はわざと明るい顔をつくった。

留守にしている間に、家は蒸し風呂のようになっていた。あわててクーラーをつけ、応接間に通すと、母は和光のバッグから封筒を出した。

「あちらから送ってきたのよ」

封筒の中身は離婚届だった。夫の欄には署名までされている。

全身から力が抜けた。手製のマドレーヌと冷たい紅茶を出そうと思ったのに、ぐったりとして立ち上がることもできない。

「何ていう身勝手な人たちかしら」

母が顔を汗で光らせ、怒気を込めて言った。離婚届は書留で送られてきたのだそうだ。

そういうこと――。

夫の実家でされた、冷たい仕打ちに合点がいった。

義母が顔も出さず、電話で居留守を使うのも腑《ふ》に落ちた。こんなものを投函していたなら、話などできるわけもない。夫は愛子と別れたいのだ。黙って転院するのも道理。夫は愛子を避けているのだ。見舞いになど来てもらいたくないのだ。

「ちょっと。大丈夫なの」

母に揺さぶられ、愛子は目を上げた。心配そうな顔がこちらを覗き込んでいる。卓上の離婚届が涙でぼやけた。有田焼の灰皿と夫の気に入りのライター。見れば堪《こら》えられなくなるとわかっていても、つい見てしまう。

平凡な見合い結婚だったが、愛子は夫が好きだった。

確かに、自分は不出来な嫁なのだろう。

甘やかされて育ったせいで、家事も半人前。

趣味でやっている刺繍も、テーブルセンターや花瓶敷きがせいぜいで、和裁は駄目。義母のような料理上手でもなく、食卓に出すのは洋食が中心。夫の口に合うどころか、脂と塩胡椒たっぷりの毒になるようなものを食べさせていた。

おまけに人見知りするたちで、区議会議員の妻としてのつとめもうまくこなせず、迷惑をかけた。何より子どもを産めなかった。せめてそれを詫びたいが、もう夫の居場所も教えてもらえない。

その日、母は泊まっていった。夕飯には愛子の代わりに台所に立ち、食卓に好物を並べてくれた。

母が心配してくれているのは十分わかったが、それに応えることができなかった。何を話しかけられても生返事をするのが精一杯で、すぐに目を伏せてしまう。せっかくの好物にも箸が進まず、ほとんど残してしまった。

会話がないのが気詰まりなのか、母はテレビのスイッチをひねった。

黒い画面が少しずつ明るくなり、拍子木を持った男が映った。トニー谷が司会をしている『アベック歌合戦』だ。

テレビの声で賑やかになったが、相変わらず話は弾まない。

「お茶を淹《い》れましょうか」

機嫌を取るように母が言う。

「今はいいわ」

「冷蔵庫にメロンがあったわね。少し切りましょうか」

「ううん」

自分がわがままを言っているのはわかっていた。が、まったく食欲がないのだからしょうがない。本当は、母にも帰ってもらいたいのだ。人がいると泣くに泣けない。トニー谷が拍子木を叩く音も歌手の歌声も鬱陶しかった。こんな気分のときに歌合戦など見たくない。愛子はこめかみを押さえた。

ため息をつき、母がチャンネルを替えた。NHKではニュースをやっていた。

「もうオリンピックも来年なのねえ」

東京都知事の東龍太郎《あずまりゅうたろう》が画面に映った。インタビューに答えている。

近頃よくテレビで見る光景だ。毎日のようにニュースに東都知事が出てくる。今年は一九六三（昭和三十八）年。東京オリンピックの開催がいよいよ来年に迫り、マスコミが国民の関心を煽っているのだろう。

「山村さんも忙しいのかしら」

何気なくつぶやき、母は黙った。

山村のおじさまは都庁づとめで、東都知事の秘書室長をしている。離婚話で揉めている娘の前で、仲人《なこうど》の名前が出たのはいかにも気まずい。愛子は返事をしなかった。母はため息をついた。これなら『アベック歌合戦』のほうがましだったと、後悔しているのかもしれない。

またオリンピックのニュースなの、と愛子は冷めた気持ちで思った。

東都知事の前には何本もマイクが突きつけられていた。参加国の状況についてインタビューを受けているらしい。ぜひとも盛大な会にしたいと語っている。

どうでもいいわ――。

この人は、医者なのに、なぜこうも目立ちたがり屋なのだろう。嬉々としてテレビに出てくるなんて、都知事のくせに軽々しい。仮にも仲人の上司に向かい、愛子は胸のうちで毒づいた。

近頃のオリンピックへの熱狂にはうんざりしていた。

自分が出るわけでもないのに、なぜ日本中で盛り上がっているのだろう。病気の夫から離婚届を送られた身には、スポーツの祭典など別世界の話。成功しようがしまいが、自分の暮らしには無関係だ。夫婦で競技を観戦しようと思っていたことなど、愛子にとってはもはや昔話だった。

2

秋になり、今度は父が訪ねてきた。

玄関で中折れ帽を受け取り、応接間に通した。手土産は東京會舘《かいかん》のプティガトー。父は愛子の好物を覚えていてくれたらしい。

子どもの頃、家族で食事に行ったとき、よくこれを食べた。特にハート型のパイがお気に入りだった。コーヒーを淹れて応接間に戻ると、父は立ったまま後ろ手を組んでぼんやり書棚を眺めていた。

ソファに座って向かい合うと、父はすぐに口を開いた。

何かと思えば仕事の話だった。気晴らしに働いてみないかという。

「おつとめ?」

「やってみないか」

「今さら無理よ」

愛子はかぶりを振った。もとより腰かけでOLを二年足らずやっただけなのだ、まともに仕事ができるとは思えない。

「いつまでも、こうやって家に閉じこもっているわけにいかないだろう」

「離婚はしないわ」

先回りして愛子は言った。

夏中、考えて出した結論だ。離婚はしない。こんなふうに別れたくない。せめて話し合いたい。縁あって夫婦になったのだ。簡単に別れていいわけがない。

「しかし、もしものときはどうする」

「どういう意味」

「死なれたら、という意味だ」

あからさまな物言いに憮然《ぶぜん》とすると、父はさらに言った。

「不機嫌になったところで何も変わらん。若い人の癌は難しい。離婚しなくても、死なれたらおしまいだ」

わかっている。

父に言われなくても、十分に承知している。

離婚届に判を押さず、この家にいるのは愛子なりの意地だった。ここは自分たち夫婦の家。夫婦の話し合いもなしに出ていくつもりはない。居座っていれば、夫がやって来るかもしれない。会いたいのだ。直接、顔を見て話がしたい。

こんな状態で離婚届を突きつけられても、愛子には受け入れられなかった。まだ信じていないのだ。これが夫の本心とは限らない。義理の両親が勝手に送りつけたのかもしれないと、愛子は疑っていた。

「どうしても帰らないのか」

「ええ」

間髪を容れずにうなずくと、父は鼻から息を吐いた。

「だったら、家に閉じこもっているのは止めなさい。世間知らずの主婦だと思っているから、相手は舐《な》めてかかるんだ」

夫の実家が離婚届をここに送らなかったのは、愛子では話にならないからだろう。もともと家同士の釣り合いを重視してまとまった、見合い結婚だ。先方が愛子ではなく、実家の両親と話をするのは当然なのかもしれない。どうすればいいのだろう。別れたくないのだと、誰に言えば夫に伝わるのだろう。

考えながら、己の人頼みに呆れた。こういうことだから、先方も愛子を相手にしないのだ。要するに世間知らずなのだろう。

今までは、それでよかった。

結婚するまで、愛子は両親に守られていた。結婚してからは夫がいた。

目を伏せて、コーヒーカップに手を伸ばした。

女は世間知らずなくらいがいいと、ずっと思ってきた。

職業婦人として、男の人と肩を並べて働くのは自分には合わない。可愛くておしとやかなのが一番。夫に守られ、主婦でいられる自分が誇りだった。

けれど、もうそれでは駄目なのだろう。別れれば出戻りだ。もう若い娘でも、奥さんでもない。しっかりしなければならない。そういうことなのだろう。

結局、愛子は十一月からつとめることにした。

丸の内にある都庁で、秘書をするのだという。

父が古い友人に頭を下げ、秘書室兼オリンピック準備室の一員として働かせてもらえることになったのである。何のことはない。父の言う古い友人とは山村のおじさまのことだった。仲人として責任を感じ、引き受けてくれるのだろう。

もっとも、正式な都職員ではない。臨時採用だと、父から説明された。

待遇は都職員より劣るが、馬鹿にしたものではない。甘い考えではつとまらないし、山村のおじさまに恥を掻かせることになる。

秘書室が来年の東京オリンピックに向けて準備室を兼ねることになり、即戦力になってくれる人を雇っているという話だった。

縁故採用だからといって甘えは許されないと、父に釘《くぎ》を刺された。

身分は臨時でも仕事内容に大差はない。他の職員と同様、秘書の一人として働くのだとか。それが実際どんなものかわからないまま、三越で通勤用の服や靴を買いそろえ、愛子は都庁づとめをはじめた。昭和三十八年十一月のことだった。

父に騙されたとは、働き出してすぐに気づいた。

秘書とは名ばかりで、実際の仕事はお茶汲みだった。東都知事のスケジュール管理や予定の調整などは正職員の男性がやる。難しいことは何一つない。言われるがまま、ひたすら来客にお茶を出すだけ。

これでは実家にいた頃と変わらない。父は山村のおじさまに、愛子の面倒を見させているのだった。娘が夫の帰らない家で、一人でぽつんと閉じこもっていることを思えば、信用のできる古い友人に預けたほうが安心なのだろう。

父が病院をしている愛子の家は来客が多く、いつも母と交代でお茶を出していた。都庁の仕事も同じ。愛子はすぐに慣れた。今さらつとめに出ても使い物になるだろうかと心配していたが、案ずることはなかった。正直なところ拍子抜けだが、これくらいでちょうどいい。

秘書室には、愛子を含めて十三人の職員がいた。

室長が山村のおじさまで、残りが男性十人と女性二人。男性はいかにも選《え》り抜《ぬ》きといった感じの方々で、愛子の先輩に当たる女性は今月中に寿退職が決まっている。式の準備が忙しいのか、女性は有休消化でほとんど顔を見せなかった。ゆえに、ほとんどお茶汲みをひとりでこなす毎日である。

東都知事の一日の予定は、秘書室の黒板に書かれている。

愛子はそれを見て、時間通りに人数分のお茶を出せばよかった。来客の数は一日に少なくて十人。多いと三十人近くにもなる。その大半がオリンピック関係者であることも、段々にわかってきた。

「またか」

「他にも仕事があるだろうに」

男性秘書の面々はときおり小声で話している。秘書室がオリンピック準備室を兼ねるようになり、急に仕事が増えたことが不服らしい。おまけに東都知事は来客がすこぶる多く、日中は会議をする時間もないようだ。

そのせいで仕事が進まない。日中できなかった分は夜に持ち越しとなって、残業が増えるというわけだ。

「何のための都知事だよ」

「仕方ないさ、〝オリンピック知事〟だから」

室長の前では口を閉じているが、いないときは東都知事の悪口を言うこともある。〝オリンピック知事〟とは、都庁につとめるようになって初めて耳にした仇名だ。褒めているのではない。要するに揶揄《やゆ》しているのだ。

東都知事は元が医学者で、昭和三十四年に初めて自由民主党の推薦で都知事となった人である。

今年で五年目。お医者さまに行政がつとまるものかと、冷ややかな目で見ている職員も少なくないのだろう。東京帝国大学の医学部を卒業した立派なお医者さまというだけでも、愛子には尊敬すべきことだと思えるが、都庁ではそれとこれとは別らしい。実際のところ、行政の主だったところは鈴木副都知事が担っているとも言われている。

が、山村のおじさまは東都知事を尊敬しているようだった。学部は違うが、ともに東京帝国大学の出で、しかもボート部の先輩後輩という縁もあるのか、東都知事からも信頼が厚そうだ。

働くようになって、あらためて山村のおじさまに親しみを覚えるようになった。

もちろん、子どもの頃から知っているせいもある。

山村のおじさまは、父に雰囲気が似ていた。七三分けの髪は半白だが、運動で鍛えた体はがっちりとして、姿勢もよく、折り目正しい印象がある。秘書室長は都庁の中でも上のほうの役職なのに、ちっとも偉ぶった素振りがない。誰に対しても常に温和で、部下の言うことにきちんと耳を傾けてくれる。

秘書室長ともなると決裁書類も多いようで、会議がないときは、フロアの一角にある狭い執務室で黙々と書類仕事をしている。部下が忙しいのなら、当然室長はもっと仕事が増えているはずだが、そんな素振りは露程も見せない。

少しでも疲れが癒えるように、愛子は来客にお茶を出すついでに、山村のおじさまの分も入れるようになった。

「やあ。ありがとう」

お茶を出すと、いつもにこやかなお顔をされる。

職場では友人の娘ではなく、あくまで部下だが、態度に変わりはない。家に食事に来たときのように、山村のおじさまはおいしそうにお茶を飲む。煙草を吸わない分、コーヒーやお茶がお好きなのだ。

秘書室は、第一本庁舎の最上階にある。室長の執務室には、窓を背にスチール机が置かれている。ドアは常に開けてあり、部下はいつでも声をかけていいことになっていた。

軽くノックして執務室に入ると、山村のおじさまは鼻眼鏡で書類を読んでいた。

「黒豆茶でございます」

「なるほど。いい香りだ」

書類から目を上げ、愛子を見る。

「今日はひどく冷えますから。体が温まるお茶をお淹れしました」

「助かるよ」

山村のおじさまは眼鏡を外し、愛子を見た。

「どうだい。つとめは慣れたかな」

「おかげさまで。皆さん、よくしてくださいます」

「そうかね。仲良くなったかね。それは安心だ。職場の人間関係は重要だからね。すると、もしや愛子君も東都知事のことをオリンピック知事と呼ぶようになったかい」

「え?」

咄嗟に反応できずにいると、山村のおじさまは笑った。

「そんな顔をしなくてもいい。少しからかってみただけだよ」

「まあ」

お人が悪い。

愛子は頬《ほお》を紅潮させて、山村のおじさまを睨む振りをした。

「陰口は嫌いですわ」

「その通りだ。愛子君に限って、そんな仲間に入るわけもなかったな」

山村のおじさまは真剣な面持ちになった。正職員の無防備さに愛子は腹が立った。もしかすると東都知事の耳にも入っているのかもしれない。東京都の長に対し、よくそんな失礼な真似ができるものだと思う。自分たち都民が選んだ、れっきとした都知事なのに。

「愛子君はオリンピックが楽しみかい？」

「両親は来年の開会式を観にいくと申しております」

週末に母が電話で話していた。愛子の分も合わせて特等席を三枚手に入れてあると。開会式の日は遅くなるから、実家に泊まっていってはどうかとも言われた。気乗りはしないが断るのも億劫《おっくう》だ。

「ふうん。愛子君も行くのかね」

「はい。一緒に参ります」

「何の種目を楽しみにしているんだい」

「何かしら――。運動音痴なもので、あまり詳しくないんです」

「そうか。残念だな」

愛子の返事を聞いて、山村のおじさまは浅くうなずいた。それを潮に執務室から下がる。

もう少し気の利いたことが言えなかったかと、我ながら歯がゆかった。

あれではオリンピックには無関心だと打ち明けたようなものだ。オリンピック準備室長でもある山村のおじさまを落胆させたに違いない。

けれど、実際その通りなのだ。オリンピックと聞くと、正直なところ憂鬱になる。

夫と一緒に東洋の魔女やアベベの話をしていたことを思い出すと、今も息が詰まりそうになるのだ。

夏前まで浩とは普通の夫婦だった。少なくとも、愛子はそういうつもりでいた。

それが今では別居しているとは。オリンピックのせいではないとわかっていても、話題に上ると苦しい気持ちになる。

うやむやにしている離婚届のことまで思い出し、愛子はため息をついた。このまま知らん顔していけるものだろうか。いや、そんなはずはない。きっとそのうち催促される。

受け入れるほかないのか。

結婚するときには、こんな日が来るとは思ったこともなかった。いったい何が悪かったのだろう。

考えちゃいけない――。

今は仕事中なのだから。

低気圧が近づいているのか、午後の早いうちから空が暗くなった。今夜辺り、雨が降るのかもしれない。この寒さでは霙《みぞれ》になる怖れもある。早く帰らなくては。焦る気持ちと裏腹に、急な来客が飛び込んできたりして、その日は退庁するのが遅くなった。

帰り際、秘書室の窓から外を覗くと、雨雲が低く垂れ込めているのが見えた。本庁舎の最上階にいるせいか、すぐ目の前に迫っているようにも思える。愛子は急いで退庁した。

有楽町駅から電車に乗り、最寄りの代々木上原駅に降りたときには降っていなかった。急ぎ足で帰宅し、家までもったのはよかったが、ポストに義父から手紙が届いていた。

正確に言うと、その代理人の弁護士からである。愛子はコートも脱がずハンドバッグも肩にかけたまま封を切った。

中にはあらためて書いたと思われる離婚届と、タイプライターで打った通達が入っていた。今後の話し合いの窓口は弁護士になるのだという。それを読んで、大袈裟でなく頭を殴られた心地がした。

ここまでするのか。そうまでして離婚したいのかと、血の気が引いた。

ショックで頭が回らず、必死で字面を追っても、目が上滑りする。何度も同じ文面を読み返すうち、ぽたりと紙面に水滴が落ちた。

顔を上げると、額から冷たい汗が流れた。あわててハンドバッグからハンカチを出そうとするのだが、手が言うことを聞かない。愛子は震えているのだった。全身冷や汗にまみれ、弁護士からの通達を握りしめたまま、どれくらい呆然としていたのか。

翌朝は、頭痛がして早くに目が覚めた。

休みたかったが、家にいたら義理の両親が寄こした弁護士と鉢合わせしそうだ。愛子の実家に送っても返事がないから、最終手段に出たのだろう。もはや家も安全な場所でなくなったということだ。愛子は朝食もとらず、手早く身支度をして家を飛び出した。

マフラーを忘れてきたことに気づいたのは、国電のホームで電車を待っているときだった。首を縮めて寒さを堪え、満員電車に乗った。普段なら人いきれで汗ばむこともあるのに、今日はどういうわけか震えがくる。ようやく都庁についたときには、ぐったり疲れていた。できることなら家に引き返したいくらいだが、そういうわけにもいかない。

その日は、秘書室の先輩女性の退職日だった。愛子は餞別《せんべつ》の花束を渡す係だった。彼女はにこやかに挨拶をすると、資生堂パーラーのクッキーを室の職員一人ひとりに配った。愛子は口をつけなかった。花の形のバタークッキーは好物なのだが、胃がむかむかして食べられそうにない。持って帰って大事にいただこうと思いながら仕事をするうちに、体が熱っぽくなってきた。

あいにく、その日はいつも以上に来客が立て込んでいた。ふらつく体で必死にお茶を出し、どうにか昼まで持ちこたえたところまでは覚えている。今日で最後だからと室長の山村のおじさまや正職員の男性たちと一緒に、主役の彼女を囲み、贅沢《ぜいたく》な仕出し弁当をいただいたのがよくなかったのかもしれない。

午後の始業ベルが鳴るのを遠くに聞きつつ、愛子は倒れた。

3

目を開けると、毛布をかけられていた。

「起きなくていい。そのまま休んでいなさい」

愛子が上体を起こそうとするのを、男の人の声がとどめた。

「おじさま――」

「横になっているだけでも、少しは楽になる」

山村のおじさまだった。

「はい」

「三十八度以上ある。朝から具合が悪かったのではないかね」

「すみません」

「謝るようなことじゃない。わたしこそ、働かせすぎて申し訳なかった」

愛子は高熱を出して倒れ、医務室に運ばれたのだった。山村のおじさまは備え付けの解熱剤と水の入ったコップを手渡してくれた。体調を崩した職員のために、一通りの医薬品を常備しているのだという。

「しかし、お父さんから聞いていた通りだなあ」

愛子が解熱剤を飲むのを見ながら、山村のおじさまは目尻に皺を寄せた。

「お父さんはね、あなたのことを勝ち気で意地っ張りだから、頑張り過ぎることがあるかもしれないと心配していたよ」

どうしてそんなことを言ったのだろう。愛子には不思議だった。

自分のことを勝ち気だと思ったことはなかった。どちらかといえば弱虫で臆病のつもりでいた。

「わたしが勝ち気なはずありません」

もしそうなら、とうに離婚届へ判を押している。別れてひとりになるのが怖いから、いつまでも逃げ回っているのだ。

「そうかな。家庭の奥さんが社会に戻ってきたじゃないか」

「やむを得ない事情があるからです。おじさまはご存じでしょう、離婚のこと」

弱っているせいか、愛子は自ら嫌な話題を持ち出す気になった。

「ああ。聞いているよ」

「わたし、父に言われたから仕事をしているだけです」

口走ってから、はっとする。

「ごめんなさい——。失礼なことを申しました」

愛子はあわてて頭を下げた。が、思っていることは本当だ。ためらった後、愛子はあらためて口を開いた。

「働かせていただいていることには、もちろん感謝しています。おかげで気も紛れますし。でも、難しいことは無理です。社会に出て働くなんて、おこがましくて。わたしには何の取り柄もありませんし、流行りの職業婦人にはなれませんわ」

「愛子君のご実家は経済的にも恵まれている。仮に別れたとしても無理に働く必要はないだろう。仕事をするにしても、お父さんの病院の職員にしてもらうこともできるのではないかね」

「ええ。でも——」

それでは後で苦労すると、父に言われた。名前だけ病院の役員にして、月々困らないだけの報酬を出してやることもできるが、きちんと外で働いたほうがいい。まだ若いのだから。父から熱心に言われ、つとめに出ることにした。

けれど、これでいいのかしら、と思う。

今の仕事は誰にでもできる簡単なもので、そもそも父の口利きだ。

愛子の月給は月に一万二千円。今回、実家で用意するという東京オリンピックの開会式の特等席は一枚八千円で、月給の半額以上だ。愛子の甲斐性ではとても手が届かない。

実際のところ、今の稼ぎでは自分が食べていくのも難しいのだ。実家の援助があって何とか暮らしているのが現状。その程度の働きなのに、社会に戻ったと褒められるのは違う気がする。

「そんなに卑屈になることはない」

山村のおじさまは苦笑いした。

「わたしはね、もっと女の人に世へ出てもらいたいんだ。都庁にも優秀な女性職員は大勢いる。結婚しても辞めずに頑張ってもらいたい。そのためにも、東京オリンピックを是が非でも成功させたいんだよ」

愛子は首を傾《かし》げた。

「オリンピックにも、女の人がたくさん出るだろう」

「東洋の魔女のことですか。水泳や体操にも女性の選手がいますものね」

「そうだね。スポーツの世界では、大いに女性が進出している」

「特別な才能がある方たちですもの」

「ああ。だけど、オリンピックは選手だけのものではないよ」

山村のおじさまは諭す口振りで言った。

「選手だけでは大会を開催することもかなわない。オリンピックを成功させるには、裏方がしっかり支える必要がある。そのためには、どうすればいいかわかるかい」

「いいえ」

愛子はかぶりを振った。そんなこと、考えたこともない。

「きちんと予算を組んで参加国を募り、オリンピックの名に恥じないよう、各競技場を整備する。全世界から集まる選手のために宿泊施設を用意して、道路を整備する。地方から観戦に来る人のためには新幹線も要る。そうした準備をする人たちがいて、ようやくオリンピックは開催できるんだ。ここまでは、わかるね」

「ええ」

やむを得ず、うなずいた。

「わたしや愛子君もそうした裏方の一人だ」

山村のおじさまの熱心な口振りには、正直なところ、とまどいを覚えた。

「わたしは、ただのお茶汲みですから」

正規の職員でもない。オリンピックなどと言われても、縁遠い話のように思える。

「謙遜することはない。お茶汲みもちゃんとした仕事だ」

「……」

「本当だよ。大事なお客さんの前に、礼儀作法もなっていない職員を出すわけにはいかないからね。口の軽い者も駄目だ。東都知事のスケジュールを把握しているのは、都庁の中でも秘書室の人間に限られる。信用のおけない職員は配属しない。その点、愛子君なら安心だ。どこへでも出せるよ」

「ありがとうございます」

「愛子君の淹れてくれるお茶はうまいと評判でね。お世辞ではなく、ずいぶん助かっているんだ。客人と面倒な話をするときには、特にありがたい」

そんなことかと、今度は愛子が苦笑いした。

きっと慰めてくれているのだろう。お茶汲みなど誰にでもできる。どうせならおいしく飲んでいただきたくて、多少の工夫はしているが難しいことではない。それでもうれしかった。自分が誰かの役に立つことがあるなんて、これまで考えたこともなかった。

「わたし、離婚することに決めたんです」

気がついたら口に出していた。今週末にも、夫の代理人である弁護士を通じて返事をするつもりだ。窓口に代理人まで立てられ、夫婦を続けられるわけがない。あらためて口にして、もう無理なのだと、ようやく諦めがついた。

「そうかね」

あらかじめ父が離婚のことを含んでおいたのか、山村のおじさまの反応はあっさりとしていた。知られているのだと思うと、こちらも気が楽になる。

「お茶のこと、お褒めいただき、ありがとうございます。少しでもお役に立てると思うと、少し安心します。わたし、本当はおつとめするのが怖かったんです。三十を過ぎた女が働くなんて、周りに何て言われるかわかりませんもの」

「実際のところ、どうだい」

「平気です」

愛子は笑顔をつくった。

「どうせ実家を頼っても、あれこれ言われるんです。それなら、こうして外へつとめに出ていたほうが気も紛れますわ」

半分は強がりで、残りの半分は、自分でも気づいていなかった本音だった。

何をしようと噂《うわさ》の的にはなる。けれど、家に閉じこもって悪口から逃げているよりましだ。少なくとも行く場所がある。自分を待っている仕事がある。それだけで、毎日どれだけ救われていることか。

これか、と思った。

父が自分をつとめに出そうとした意味が、ようやく腑に落ちた。父は、医者の娘として恵まれた育ち方をした愛子が、きちんと世間と渡り合っていけるよう、家の外へ出してくれたのだ。離婚すれば、愛子は出戻りである。好奇の目に晒《さら》されることもあるだろう。それに打ち勝つには強くならねばならない。

「陰口が耳に入ると腹も立ちますけれど、言う側に回るよりましです」

「いいね。お父さんにそっくりだ」

山村のおじさまは愉快そうに笑い出した。

「似たような台詞を、学生時代にお父さんから聞いたよ」

「あら」

「世間というのは理不尽なものでね。自分が何も悪いことをしていなくても、ときにひどい仕打ちをすることがある」

「嫌な世の中ですね」

愛子は顔をしかめた。

「そういうことは職場でもよくある。正しい者が常に勝つとも限らない。正しい主張をしても、負けるときもある。が、だからといって闘う前に逃げてしまえば、前には進めない。全力を尽くして勝負することには価値がある」

「オリンピックのことをおっしゃっているのですね」

「その通り」

思わず頬がゆるむ。

「東京大会を開催できることに、わたしは心から感謝しているんだ。こんなこと一生に一度あるかどうかの機会だから。本当に東さんのおかげだよ」

何だか羨ましかった。

自分にも、こんなふうに一生懸命になれるものが欲しい。話を聞いていると、こちらまで体に熱が籠もるようだ。

オリンピックか——。

ここでおつとめしていれば、自分も関わることができる。

目を閉じると、まぶたの裏にグラウンドが見えた。両端を外国の選手に挟まれ、短距離の日本代表が号砲を合図に土を蹴る。昨日、庁舎に届いたポスターを見たせいか、そんなシーンがぼんやりと目の裏に浮かぶ。

山村のおじさまは椅子から腰を上げた。

「明日は休みなさい。一日くらいなら他の者でどうにかできる。しっかり体を治すことだ。それから、来週わたしと一緒に夫君が入院している病院へ見舞いにいこう」

「え？」

「いくら正しい者が負けるときがあると言っても、みすみす理不尽を受け入れる法はない。ああ、それから熱が下がったら、これを読んでおくように」

山村のおじさまは言い残し、会議があるからと医務室を出ていった。

何かしら——。
手渡されたのは一冊のノートだった。

＊

解熱剤がよく効き、愛子はすぐに回復した。

翌週、言われた通りに山村のおじさまと病院へ見舞いに行った。どこから情報を入手したのか、山村のおじさまは夫の入院先を知っていた。

訪ねたのは、都心の病院の特等室である。

重病のはずの夫はベッドでコーヒーを飲んでいた。しかも、見舞いにしては華やかな服装の、前髪をコテで巻いた娘が寄り添っている。

「病気療養中と聞いていたのだが、お元気そうだね」

山村のおじさまが声をかけると、夫はベッドから飛び起きた。離婚が決まっても、仲人の顔は覚えていたようだ。

「このお嬢さんは、どなたかな」

さすがに特等室だけあり、病室は豪華だった。バストイレの他、来客用の応接セットまである。夫はここで何をしているのだろう。病人にしては顔色もよく、体つきもしっかりしている。

「妹さんにしては歳が離れているようだ。しかし細君は、わたしが連れてきた愛子君だろう。あなた方の仲人をしたときには、こんな妹さんがいるとも聞かなかったが。いったい、どういう関係のお嬢さんなんだね」

山村のおじさまの訪問によほど驚いたのか、夫はまともな言い訳が思い浮かばないらしい。金魚のように口をぱくぱくと開き、若い娘の腹へ咄嗟に手をやった。隠したつもりなのだろうが、それではかえって目を惹く。娘のお腹はふくらんでいた。

そういうことかと思った。

娘は妊娠していた。弁護士まで使って離婚を迫ったのもうなずける。夫にはもう次の嫁が決まっていたのだ。

考えてみれば、不祥事を起こした議員が入院を隠《かく》れ蓑《みの》にするのは、政治の世界の常套《じょうとう》手段。父は夫のこうした事情を調べあげていたのだろう。それで大学時代の仲間であり、東都知事のもとで秘書室長をしている友人に、娘を託したのだ。

「今日ここに来ることは、東都知事にもお話ししてきた。驚いておられたよ」

山村のおじさまは、穏やかな口振りで皮肉を言った。

夫は区議会議員をしている。東都知事と同じ自由民主党の一員でもある。愛子の父の大学の先輩で、今は愛子の上司でもある都知事に睨まれたらどうなるか、考えるまでもない。

夫は弁護士を通じて慰謝料の支払いを申し出てきた。

同じく自由民主党に所属する義父は、愛子の実家へ息子の不貞を謝罪にきたが、最後まで義母は顔を見せなかった。悪いのは息子ではなく、子どもを産めない嫁だと言いたいのだろう。議員の家なのだから、それも一理あるとは思う。愛子も夫の子を産みたかった。あの娘は妊娠したのだから、やはり原因は自分にあるのだ。

もういい。

大好きだったけれど、こうなったら別れるより仕方ない。まだ、心から納得できてはいないけれど、自分に必死で言い聞かせた。

おそらく世間にはよくある話なのだろう。いざ自分がその立場になると、こんなに傷つくものかと驚いたが、それでもたぶん、めずらしいことではない。母に泣かれたのが親不孝でつらかったくらいだ。

昭和三十八年はそうやって暮れた。愛子は離婚届に捺印し、その代わりにまとまった額の慰謝料を得た。それを機に、夫婦で暮らした家を出て、目黒の実家へ戻ることにした。離婚が決まれば意地を張る必要もない。丸の内にある都庁へ通うには、そのほうが交通の便もいいのである。

お正月休みが明けると、日本中がオリンピック一色だった。

庁舎の外壁にも大きな五輪が飾られた。東都知事はいっそう忙しくなり、来客も増えた。

愛子は張り切ってお茶汲みをした。正職員の男性秘書たちも忙しく、さすがに悪口も聞こえなくなった。秘書室兼オリンピック準備室の仕事は増える一方で、徐々に正職員たちは手が回らなくなった。

電話が鳴ると、愛子が一番で取った。最初はまごついたが、すぐに慣れた。電話をかけてくるのは、たいてい自分のような秘書の女性だ。堂々と相手をしているうちに、名前を覚えてもらえた。

そうやって、愛子はお茶汲みから仕事の幅を広げていった。

とはいえ、正職員の秘書が別にいる。愛子にできるのは電話番と、ちょっとした気遣い程度。山村のおじさまは、愛子にノートと鉛筆の補充を命じた。オリンピック準備室の日誌をつけるためである。愛子はノートを開いた。

昭和三十四年五月二十六日。

やった。ＩＯＣ総会で決まった。総数五十八票中、三十四票。圧勝だ。日本開催に快哉《かいさい》。北島義彦《きたじまよしひこ》氏、八田一朗《はったいちろう》氏らの功績だ。東さんも大喜びだった。素晴らしい。この日は後世の歴史に残る。とはいえ、浮かれてばかりいられない。開催は五年後。まるで時間が足りない。よし。さっそく今日から始動だ。

六月三日。

東さんから岸《きし》首相に面談の申し入れ、断られる。


六月十日。

断られる。


六月十五日。

また断られる。一国の首相となると、さすがに壁が高い。オリンピックは平和の象徴で、岸《きし》さんの掲げる三悪「汚職、貧乏、暴力」の追放の一助となるのだが。面談が叶わないのは、ひとえに都の力不足だろう。


六月三十日。

とうとう今月は駄目だった。来月は少しでも話を進めたい。


七月一日。

シチズンが防水腕時計を発売。これはいい。服部に続けと、シチズンが頑張ってくれると、この国の精密時計はもっとよくなる。オリンピックまでに、さらにどれだけ改良されるか、今から楽しみだ。

八月八日。
台湾で台風八号による大洪水。由々しき事態だ。

九月十三日。
西ドイツでハインリッヒが大統領に就任。これがどう影響するか。グズグズしてはいられまい。

九月十四日。
東さんから総理官邸を訪問したと伺った。岸首相にお目通り叶ったとのこと。これで一歩前進。課題は予算だ。一兆円。東京オリンピックを成功させるには、それだけの金が要る。都の予算だけでは足りない。国に協力してもらえなければ無理だ。さて、どうやって出してもらうか。

日誌は、東京でのオリンピック開催が決まった昭和三十四年から始まっていた。
几帳面な文字で書かれた出来事は、ほとんどオリンピック関連だ。山村のおじさまは当時、秘書室の室長代理だった。その頃から、東京大会の開催を目指していらしたのだ。

日本でオリンピックが開催されるのは今回が初。すべてにおいて前例がない。山村のおじさまは、自分の備忘禄として日誌をつけることにしたのだという。詳細に残しておけば都の記録にもなる。いつの日か、また東京でオリンピックが開催できる日が来たら、そのときにきっと役に立つ。

山村のおじさまにとって、オリンピックは大きな仕事だった。絶対に成功させる。日誌を読んでいると、そういう熱意が伝わってくる。

昭和二十年の終戦から、今年で十八年。

当時と比べればずいぶん復興したと思うけれど、列強に比べれば、日本はまだまだ貧しい。東京でオリンピックの開催が決まったと新聞記事で読んだとき、愛子の父は心配していた。今でさえ交通渋滞がひどいのに、世界各国から人が集まってきたらどうなるのか。往診できなくなっては、患者さんたちに申し訳ないと。

東京でも、下水道が整備されているところはほんの二割だという。

病院をしている愛子の実家はともかく、都心でもその程度だ。国道一号線を箱根辺りまで下ると、途端に舗装されていないでこぼこ道になる。本当に世界中から人々を呼んでオリンピックができるのか。物笑いの種になりはしないか。東京出身の父はひそかに案じていたらしい。

だから一兆円なのだ。

東京を整備するにはそれだけの費用が要る。都の財政ではとうてい足りない。国と一体で進めなければ、お粗末なことになる。東都知事は岸首相のもとを訪れ、国の協力を得たいと熱心に直談判をしたようだ。日誌には、山村のおじさまの目を通じて、その過程がつぶさに書かれている。まさにオリンピック知事だ。むろん揶揄ではない。東都知事はオリンピックのために力を尽くしていた。

日誌には、黒板には書かれていない秘密の会合についても記されている。それを読むと、東都知事の毎日がいかに緊張に満ちているかよくわかる。その下で実務を取り仕切る山村のおじさまも、同じくらい気を張っているのだろう。秘書室がオリンピック準備室を兼ねるようになってからは、部下の数も増えた。業務範囲も拡がった。日々、機密情報を預かり、気の抜けるときもないに違いない。

大変なお役目だ。山村のおじさまは、日誌を読ませることで愛子に自覚を促したいのだろう。臨時採用でも職員の一人なのだから、腰かけ気分では困ると。愛子は山村のおじさまの迷惑にならないよう気を引き締めた。

無駄口を叩かず、よけいなことは詮索しない。粛々と、秘書室の一員としての職務を果たした。

愛子は山村のおじさまの動きに目を配った。秘密の来客があるときはさりげなく人払いし、室の者ではない職員を遠ざけた。あとは素知らぬ顔をして仕事をする。微力のうちにも入らない存在だとは、自分でも重々承知ながら、せめて情報が外に漏れないよう留意した。

オリンピック準備室の一員になれたのは、愛子にとって有意義だった。

東都知事と同じ苦労はできなくても、職員として、末端ながら業務に関わることができる。大会開催に向けて高まる熱気を感じ、自分事として捉《とら》えられる。日誌で読む限り、交渉は難航しているようだった。岸首相もオリンピックの重要性は認識していらっしゃるようだが、一兆円に上る費用に憂色を示していた。

十月二十六日。
臨時国会召集。これでしばらく岸首相が身動きできなくなる。どうする。

十二月四日。
新潟の日赤で爆破未遂。また岸首相が忙しくなる。とはいえ、東さんに頑張っていただかないと。予算を認めてもらえなければオリンピックは失敗する。そうなれば、二度と日本は開催国の候補にもなれまい。そんなことさせるか。

十二月十五日。

このところ毎晩のように同じ夢を見る。明日が開会式だというのに、まるで準備が整っていない夢だ。国立競技場は更地で、高速道路も工事の途中で放置されている。新幹線は線路もできていない有様で、テレビ局が都庁の前に集まっているという。

東さんの秘密会は、相変わらず難航している。粘り強く交渉していただく他にない。何もできない自分が歯がゆい。予算が通らなければ、東京オリンピックは返上だというのに。

昨日も夜中に汗びっしょりで目が覚めた。まいった。


開催が決まったものの、オリンピックの準備は苦労の連続だった。

予算が最大の壁で、次が都民の反発。東都知事は東京を国際都市にしようと、大規模な開発を進めていた。これが都民に不評だった。東京中の道路を掘り返して、どうするつもりだ。このままでは街が殺される、と。

都庁の職員にも、反発する者はいたようだ。何よりオリンピックを優先させる東都知事の考えに、ついていけない者もいただろう。実際、予算計画は目途が立たず、東京オリンピックの準備は遅れていた。予算だけでなく要員も不足している。

本当にオリンピック返上となれば、いったいどれだけの非難を浴びるか。東都知事は罷《ひ》免《めん》されるかもしれない。それでなくともオリンピック都知事と揶揄され、敬遠する職員もいるくらいだ。

おつとめに出るまで、愛子もそうだった。東都知事のことをオリンピックにかまけている人と侮り、準備に携わっている職員の苦労を想像しようともしなかった。外野はそんなものだ。渦中にいる者がどれだけ苦心しているか知らない。

東都知事のことだけではない。愛子も同じ目に遭った。

(浮気された挙げ句に捨てられたらしいな)

秘書室の男性が噂しているのを聞いたことがある。

まさか給湯室に愛子がいるとは思わなかったのだろう。日頃の澄ました顔つきとは裏腹に、下世話な物言いをしていた。

(それで、つとめに出たのか? だって医者の娘だろ)

(立ち直るまでのお遊びだよ。どうせお茶汲みだ)

(ま、そうか)

(お茶汲みなら、もっと若い子のほうがいいけどな。あの人、暗いし)

彼らが立ち去るまで、愛子は給湯室で身をひそめていた。耳を澄ませ、自分への意地悪な陰口を聞き取った。

静かに深呼吸してから、急須に湯を注いだ。もちろん胸は痛んだが、取り乱すほどではなかった。この程度の悪口なら大丈夫。泣いて帰るほどではない。馬鹿にされるのは悔しいが、別に実害があるわけじゃなし。右から左へ聞き捨てれば済むことだ。

ほうじ茶を執務室へ運ぶと、山村のおじさまは窓の外を眺めていた。

「何かあったかね」

愛子の顔を見るなり、山村のおじさまは言った。

「いいえ」

咄嗟に笑顔をつくったつもりだが、目線を逸らしてしまった。

「本当に、何でもないんです」

「ふむ」

意識して口角を上げ、それ以上の問いを封じる。同僚の告げ口をするのは止しておこうと思った。女だからと、泣きつくような真似はしたくない。

山村のおじさまはパイプ椅子を掌《てのひら》で示した。執務室には、簡単な打ち合わせができるよう、丸テーブルと椅子が置いてある。

「まあ、かけなさい」

お盆を胸の前で抱えたまま、愛子はパイプ椅子に腰を下ろした。山村のおじさまは机の引き出しを開け、小皿を出した。そこへさらさらと半透明の白いかけらを入れ、丸テーブルに置く。

「何ですか？」

「氷砂糖だよ。食べたことはあるかい」

少々面くらいながらも、勧められるまま一粒手に取った。半透明の小さな玉を口に含むと、じんわり甘さが広がった。

「運動選手の知恵だよ」

山村のおじさまは、おやつ代わりに氷砂糖を常備しているのだという。確かに、これなら会議の合間にぱっと食べられる。それにしても。

「登山みたいですね」

子どもの頃、家族で長野へ旅行したときに山へ登った。途中、ひと休みしたときに食べた氷砂糖の甘さが懐かしい。

「なるほど。登山か。うまいことを言うね。確かに、仕事も山登りに通じるところがある」

「それだけ苦しいということでしょうか」

「苦しくても途中で下りるのは惜しい。共に登る相手も重要だ」

まるで夫婦みたいだと思ったが、愛子は黙っていた。

夫に捨てられたのは、一緒に人生という山へ登る相手としては不足だったということだろう。陰口を言われたせいか、つい卑屈になってしまう。

「愛子君は秘書に向いているよ」

「そうでしょうか」

家庭の主婦もつとまらなかったのに、と愛子は思った。

「口が堅いからね」

「……」

日誌のことだ。

あれを読み、愛子はオリンピック関係の詳細を知った。東都知事が岸首相と秘密会を持たれていたことも承知している。山村のおじさまも、関係者外の職員には口外できない業務に多く関わっていた。日誌に書かれていたことは誰にも話していない。お飾りの秘書でもそれくらいの分別はある。

もし漏らしたら、わかるようにしてあったのかもしれない。例えば、わざと嘘《うそ》の情報を載せておくとか。そうすれば、露見した途端に犯人がわかる。山村のおじさまは愛子を試したのだろう。

そうと気づいても、嫌な気持ちはしない。

立場が上になるほど重い秘密を抱えるものだ。父も、患者さんの話は決してしない。

「愛子君は顔にも出ない。女の人では珍しい」

「わたし自身、人に聞かれたくないことがあるからでしょう」

離婚の話を避けようと思うと、自然と口が重くなる。夫の入院騒ぎ以来、愛子は短大の頃の友人たちと距離が空いた。会えば、互いの近況の話になる。隠し事をするのが煩《わずら》わしく、会うのを躊躇《ちゅうちょ》するようになった。

「そういう人がいいんだ。秘書室の仕事は、外に伏せておくことも多いから。これからも頼むよ」

「はい」

そういう人ね――。

要するに、訳ありの女ということだ。

両親は不幸になる前の、無邪気だった頃の娘を恋しがっている。愛子は暗くなった己を恥じていた。自分は何も悪いことをしていないと言いながら、離婚した身の上を隠すのは卑怯《ひきょう》だとも思う。

けれど、山村のおじさまはそういう女が秘書に向いているという。

仕事をする上では、無口が信頼につながる。口が重くても許されるのだ。

少し肩の荷が下りた。そんな考え方があるとは知らなかった。だからといって、離婚してよかったと思うほど達観してはいないけれど。

しばらくして、愛子は秘書室の職員として正式採用となった。

4

桜の季節の前に、愛子は春夏のスーツをいくつか新調した。

これから先はもう、おつとめ帰りに銀ブラする余裕もなくなるだろうと思ったのである。

その予感は当たった。オリンピックの開催まで半年を切り、秘書室兼オリンピック準備室の仕事は繁忙を極めた。秘書の愛子も残業を命じられることが出てきた。

母には体調を心配されたが、右から左へ聞き流した。駅や通勤に使っている国電の中でオリンピックのポスターを見ると、条件反射で身が引き締まる。それでいて頬がゆるむ。自慢したくてたまらない。わたしはこれに関わっているの、と誰彼かまわず触れ回りたい。こんな気持ちは生まれて初めてだ。

三月の中旬、愛子は国立競技場までお使いにいった。

オリンピック準備室の一行と共に、拡張工事の視察へ行っている山村のおじさまに、伝言メモを渡すためである。本当は男性秘書が行くはずだったのだが、別の用事で行けなくなった。他の秘書も急ぎの仕事を抱えており、愛子にお鉢が回ってきたのだ。

「絶対になくさないでくださいよ」

出かける前、男性秘書に念を押された。

よほど重要な伝言なのだろう。愛子はメモを財布の中にしまい、ショルダーバッグの紐を肩から斜めにかけた。野暮な格好だが、そんなことを言っていられない。一刻も早く伝言を届けたかった。

タクシーで国立競技場へ駆けつけると、愛子は小走りに視察団のもとへ向かった。一行は増設しているバックスタンドの前にいた。陽炎がゆらゆらしている先で、みなヘルメットをかぶって立っている。

国立競技場を訪れるのは今日が初めてだった。想像していた以上に広い。学校がそのますっぽり入りそうだ。フェンスを開けて中に入ると土埃《つちぼこり》のにおいがした。

お使いにいくとわかっていたら、運動靴を履いてきたのに。

愛子はヒール靴を持て余しながら、早足に歩いた。

すぐに汗が出てきた。自分では急いでいるつもりなのに、いつまで経っても一行のもとへたどり着けそうにない。そのうち一行がどこかへ移動しはじめた。あわてて追いかけ、ようやく追いついたときには息が上がっていた。

「どうしたんだね」

足音に気づいて、山村のおじさまが振り返った。一行から離れ、愛子のもとへ歩いてくる。

「こちらをお届けにまいりました」

山村のおじさまは伝言メモを受け取ると、無言で開いた。

どんなことが書かれているのか、愛子は知らない。

いいことなのか、悪いことなのかも聞かされていない。誰からの伝言なのかも知らされていなかった。

が、愛子も新聞くらいは読む。このところ、東西ドイツや北朝鮮、台湾に韓国など、諸外国が次々とオリンピックのボイコットを表明していると知っていた。例の日誌にも、そのことが書いてあった。顔には出ていないものの、文字には焦りが色濃くあらわれていることに、愛子は気づいていた。

山村のおじさまは伝言に目を通すと、無言でそれを胸ポケットにしまった。

「あの……」

思わず声をかけ、愛子は手で口を押さえた。

「何でもありません」

お茶汲み風情が聞けるような話ではない。自分は伝言メモを渡しにきただけ。用事は終わったのだから、仕事に戻るべきだ。愛子は一礼し、踵《きびす》を返した。重大なことなら明日か明後日の新聞に載る。それを読めばいい。

「愛子君」

数歩行ったところで呼び止められた。

「九十三ヵ国だ」

「え？」

「東京オリンピックの参加国だよ。九十三の国と地域が参加する」

山村のおじさまは満面の笑みを浮かべていた。

「史上最多だ」

いい顔だ。まさに会心の笑み。

「すごいですね」

「ああ。ますます忙しくなると思うが、よろしく頼むよ」

「はい」

嬉しさで喉が詰まった。

「はい！」

うんうん、と山村のおじさまがにこやかにうなずく。

史上最多の国と地域が参加するオリンピック。その瞬間に立ち会えるのだ。今になって、急にその貴重さに思い至った。愛子は胸の前で両腕を組んだ。すばらしい機会に恵まれたのだと、あらためて我が身の幸運を嚙みしめる。

「じゃあ、あと一時間くらいで戻るから」

片手を挙げ、山村のおじさまは一行のもとへ歩いていった。

自分も行こうと、何気なく足下に目をやると、ヒール靴が埃をかぶっていた。レンガを高熱で焼いて作ったアンツーカーという人工土に、点々と小さな穴が空いている。愛子の足跡だ。せっかくのグラウンドに申し訳ないからと靴を脱ぎ、小脇に抱えた。

足が軽くなったついでにトラックまで行き、あのポスターを真似てみようと思い立った。どうせ誰も見ていないのだから。スカートをたくし上げて膝をつき、大歓声に包まれている自分を想像してみる。

位置について、用意――。ドン。

二十メートルも走らないうちに足がもつれ、愛子は立ち止まった。これしきの距離で息が上がっているのが自分でもおかしい。オリンピック選手とは全然違うのだと、当たり前のことを思う。

人に見られたら、きっと笑われる。でも、気持ちよかった。あのまま意地を張って夫と暮らした家にいたら、ここに立つことも叶わなかった。帰ったら、父さんと母さんに自慢しようかしら。出戻りになった娘の将来を憂えている二人を安心させるために。

週末に、踵《かかと》の低い靴を買おう。

国立競技場の改修工事は夏まで続く。職場に置いておき、次に急なお使いを頼まれたときには、それに履き替えればいい。離婚してよかったとは、まだ当分思えそうにないけれど、いつか嫌な記憶も薄れる。だから大丈夫。このまま頑張ればいい。そう思えたのは、帰りのタクシーでラジオから三波春夫の『東京五輪音頭』が流れてきたときである。

「いいよねえ、この歌」

タクシーの運転手に話しかけられて気づいた。愛子は、無意識に鼻歌をくちずさんでいたのだった。

第二話

サブリナパンツのコンパニオン

来日した国際オリンピック委員やゲストの案内、メダルセレモニーなど、公募によって選ばれた語学堪能な女性たちが「コンパニオン」として活躍した。選考後は月に一度の講義があり、徹底したマナーの指導があったという。

1

天気予報が外れ、朝から雨になった。

八月にしては肌寒い日である。早くも秋の訪れを感じさせる雨が降っている。

窓のカーテンを開けた恭子《きょうこ》は、薄暗い空を眺めてにっこりした。

「まあ、素敵」

今日はいい一日になりそうだ。上野動物園に出かける予定は考え直したほうがいいかもしれないが、それもまた楽しい相談だろう。

恭子は雨女である。

とはいえ、世間で言われている意味とは違う。雨がすこぶる好きで、降ると機嫌が良くなるのである。子どもの頃から、恭子にとって縁起がいいのだ。まるで天が味方をしてくれるかのように、吉事が起きる。

例えば、小学校ではじめて百点を取ったのも雨の日だった。

学芸会で主役に選ばれたときも、中学校の合唱コンクールで指揮者をつとめたときも、初恋の人からラブレターをもらったのも雨の日。

これまで人生で嬉しかったことは、全部雨の日に起きた。

母に言うと「大袈裟《おおげさ》ね」と笑うけれど、嘘《うそ》じゃない。

婚約者の健一郎《けんいちろう》さんとお見合いで顔合わせをした日も、二人だけで初めてデートした日も、求婚を受けた日も、いつも雨降りだったのだから。運命の人との出会いまで運んでくれるなんてすごい。

きっと今日も楽しいデートになるはず。

恭子は洋服簞笥《だんす》から、昨夜のうちに選んでおいた黒のサブリナパンツとシャンパン色のシルクのブラウスを出した。これに合わせて黒のエナメルの靴を履いていくつもり。

両親には不評だけれど、このところサブリナパンツが恭子のお気に入りだ。

黒い色は体をほっそり見せる上に、大人びて見える。七つ年上の健一郎さんと並んでも、これなら妹には見えないだろう。口紅とバッグを赤にすれば色気も出る。何よりスカートと比べて断然目立つ。

「うん」

鏡の前でポーズを取り、自分に向かって笑いかけた。

我ながら格好いい。いい気分でお化粧をして着替えをすませ、二階の自室からキッチンへ下りたところで呼び鈴がなった。

ドアを開けると、黒いゴムの上っ張りの郵便局員がいた。

「電報です」

恭子宛である。

何かしら。首を傾《かし》げながら開き、電報を裏返した。

日本オリンピック委員会――。

差出人の欄には、そうタイピングされている。恭子はその場で封を切った。不作法だが、とても我慢できない。息を詰め、カタカナの電文を目で追った。

「きゃッ」

読み終えた途端、思わず声が出た。

嘘みたい。

でも、本当だ。電文を二度読み直して確かめたから間違いない。きゃあきゃあ叫び、その場で飛び跳ねていたら、家政婦のスミさんが怪訝《けげん》そうに出てきた。

「何事でございますか」

「合格したの！」

スミさんは、きょとんとした。

「合格って何です。お嬢さまは、もう短大を卒業になりましたのに」

「コンパニオンよ！」

「何です？」

「だから、コンパニオンよ。東京オリンピックのコンパニオンの試験に合格したの！」

やっぱり雨は縁起がいい。恭子は電報を抱きしめた。何なら、毎日雨降りでもいいくらいだ。

電報は日本オリンピック委員会からだった。今年――一九六四（昭和三十九）年の六月に応募した結果が出たのである。恭子は諸外国から来日する要人をもてなすコンパニオンに憧れ、両親に内緒で履歴書を日本オリンピック委員会に送っていた。

応募要領によれば、採用人数は三十名。全国津々浦々から我こそは、と自負する才媛が名乗りを上げてくるのはわかっていた。短大の同級生の中にも何人か応募者がいたはずだ。

まさか、わたしが――。

なんて殊勝なことは思わない。

きっと受かると思っていた。

恭子は短大の英文科を出ている。奉仕精神も強いほうだし、笑顔がいいと人に褒められる。もちろん語学力はもっと磨いたほうがいいだろうけど、わたしなら愛嬌《あいきょう》で補える。そういう自負があるから応募したのだ。

けれど、スミさんは憮然《ぶぜん》としている。

「コンパニオンですか？　いったい何をなさるおつもりです。飯山《いいやま》さまはご存じでいらっしゃるのですか」

派手な真似をするのではないかと疑っているのだろう。恭子はいわゆる社長令嬢である。その割に跳ねっ返りなのがスミさんは不服らしい。祖父の代から家にいる家政婦の目は、ときに母以上に厳しい。

そのスミさんに健一郎さんの名を出され、恭子は鼻に皺《しわ》を寄せた。

問題はそこだ。

東京オリンピックのコンパニオンに応募したことは、婚約者の健一郎さんにも言っていない。もし不合格だったら恥ずかしいから、結果が出るまで黙っていたのだ。

急にそんな話を打ち明けたら驚くだろうか。まあ、それはしょうがない。驚くのは当然。でも、きっと喜んでくれるはずだ。

健一郎さんは優しい。

いつだって恭子を大事にしてくれる。

去年の秋。結納が正式に調った頃のことだ。家では包丁を握ったこともなく、米の研ぎ方も知らないままお嫁さんになるのが不安で、料理教室に通おうとした。そのときも、そんなに無理することないよ、と健一郎さんは笑っていた。

すぐに良妻賢母にならなくていいから。ゆっくり夫婦になっていこう。料理なんて下手で構わない。ぼくは白いご飯とおいしいお味噌汁があれば十分。

そういう人だから、恭子も求婚を受け入れたのだ。

その日のデートは、動物園から映画になった。雨天による急遽《きゅうきょ》変更である。

オードリー・ヘプバーンの『パリで一緒に』。

健一郎さんが恭子の好みに合わせてくれた。デートにサブリナパンツを穿《は》いてきたのも、『麗しのサブリナ』を意識してのこと。恭子は筋金入りのヘプバーンファンで、これまで封切られた映画はすべて観ている。オリンピックで訪日する諸外国の要人の方にもファンの方は大勢いるだろう。最新作を観ておけば、感想を話し合える。

どんな方々がいらっしゃるのかしら。

恭子は映画を観ながら想像した。要人の方の中には、映画俳優のハンフリー・ホガードのような方もいるかもしれない。コンパニオンの名に恥じないよう、貴婦人らしく接待するつもりだけれど、もし恋されたらどうしよう。あまり愛想よくしないほうがいいかしら。

そんなことばかりに気を取られていたせいか、ヘプバーンどころではなかった。せっかくの映画が台なしだが、今の恭子にはオリンピックのほうが重要である。

有楽座のすぐ近くのレストランで、恭子は事情を打ち明けた。

「どういうことかな」

話が唐突過ぎたのか、健一郎さんはとまどった顔をした。

「だからね、コンパニオンになるの。東京オリンピックの」

「あれかな。諸外国の要人をもてなす、っていう――」

「そう。そのコンパニオン」

恭子は大きくうなずいた。

「聞き慣れない言葉でしょう。わたしも応募するまで知らなかったもの。外国の方はこの国のことをあまりご存じないでしょう。コンパニオンは日本女性として文化や歴史のお話をするのよ」

健一郎さんは得心がいったようにうなずいた。

「すごいね。相当な倍率だって、新聞で読んだけど」

「そうみたい」

恭子は小さく顎を引き、はにかんだ。

受かった自分が言うのも何だが、かなり難関だった。突破できたことが誇らしい。

「確か百倍はあったはずだよ」

「嘘！」

それは初耳だ。倍率が高いとは承知していたが、まさか百倍とは。

思わず恭子が目を丸くすると、健一郎さんは真面目な調子で続けた。

「本当だよ。日本で初めてオリンピックが開催されるんだ、自分も何か役に立ちたいと思う人は大勢いるさ。それにしても、いつ応募したの」

「今年の六月」

「二ヵ月前だね。知らなかった」

「落ちたら恥ずかしいでしょう。受かってから、お話ししようと思ったの」

言いながら顔が赤くなった。これでは見栄を張って隠していたみたいだ。まあ、実際その通りだけれど。

恭子は上目遣いに健一郎さんの顔色を窺《うかが》った。

「内緒にしていて、ごめんなさい。怒った？」

「まさか」

健一郎さんは鷹揚《おうよう》にかぶりを振った。

「よかった」

健一郎さんのことだから、きっと許してくれると思ったが、実際に打ち明けるまでは少し緊張していた。恭子は胸に手を当て、ゆっくり息を吐いた。

安心した。もし嫌な顔をされたら、どうしようかと思っていたのだ。

せっかく合格したのだ、コンパニオンの大役を手放す気はない。健一郎さんが反対しても、頑張って説得するつもりだった。倍率が高いのも本当は知っていた。まさか百倍とは思わなかったが、日本中から応募があるのは承知していた。選ばれたのは相当に名誉なこと。大役をつとめるのだから、婚約者にも応援してもらいたい。

白いエプロンのウェイトレス嬢が食事を運んできた。

恭子が海老フライで、健一郎さんは一口ステーキ。打ち明け話の関門を突破したせいか、急にお腹が空いてきた。さっきまで胸がいっぱいで何も食べられないような気がしていたのに、現金なお腹だ。こんなことなら、映画を観る前に話せばよかった。

健一郎さんとは、十一月に帝都ホテルで式を挙げることになっている。両家の話し合いでそう決まった。健一郎さんのお姉さんも、帝都ホテルで結婚式をしたので慣れているのだという。

銀行につとめる健一郎さんには仕事上の付き合いが広く、親戚も多い。結婚式の準備は、恭子と母で進めている。健一郎さんは銀行の仕事が忙しいから、せめて日曜くらいは休ませてあげたい。恭子は家事手伝いと称し、ぶらぶらしているだけで、時間に余裕があるのだから。

が、それも昨日までのこと。

コンパニオンの仕事が始まれば、これまでとは事情が変わる。忙しくなったら、今までと同じようにはいかないかもしれない。けれど、どうにかなるだろう。結婚式の準備は、母にお願いすればいい。大丈夫。きっと両立できる。

「頑張るといいよ」

健一郎さんは励ましてくれた。

「せっかくの機会だ、精一杯やるといい。応援するから」

「嬉しい」

「じゃあ、食べようか」

話がまとまると、健一郎さんはナイフとフォークを手に取った。きれいな仕草でステーキを口に運ぶ。おいしそうに食べる姿を見ると、こちらまで嬉しくなる。恭子も食べはじめた。

海老フライを頬張《ほおば》ると、じんわり幸せな気持ちが満ちた。

精一杯やりましょう。恭子は己を鼓舞した。

百倍の競争率を勝ち抜いて選ばれたのだもの。

大いなる名誉に浮かれるのは今日までにして、日本オリンピック委員会の期待に応えるべく、明日からさっそく英語の復習をはじめよう。いくら短大を出ているといっても、卒業して二年も経っているのだから、語学力も錆《さ》びついているかもしれない。

食事の後、恭子は健一郎さんを誘って丸善に行った。英語の復習がてら、洋書を買おうと思い立ったのだ。

短大に通っていた頃から、洋書といえば丸善である。品揃えが豊富で、カラフルな表紙を眺めるだけでも楽しい。

初めて両親に買ってもらったのはウェブスターの『足長おじさん』。辞書と睨《にら》めっこしながら、一年かけて読んだのが懐かしい。あの本を読んでアメリカの大学に憧れ、恭子は英文科に進んだのである。

卒業以来ご無沙汰していたが、丸善にくると気持ちが浮き立つ。コンパニオンとして語学力を磨くにはどんな本が役立つだろう。諸外国の要人と会話をするには、それなりに教養を求められそうだ。

「シェイクスピア？」

戯曲を手にとって眺めていると、健一郎さんが横に立った。

「世界の名作だから、英語で読んでおいたほうがいいと思って」

父からも、文学と歴史はやっておいて損はないと常々言われている。

「源氏物語のほうがいいかしら。紫式部は外国の方もご存じでしょうし」

「どうだろう。英会話の勉強には向かないんじゃないかな」

「あら。どうして？」

「まずは日常的な英会話の勉強から始めるといいよ。僕ならこれから始めるな」

健一郎が選んだのは、初級者向けの英会話教材だった。

「文法から復習するのが一番の近道だからね」

「ふうん」

恭子は素直に受け取れなかった。

学生時代、家庭教師をしていた健一郎さんの言うことなのだから、その通りなのだろう。基礎を大事にしたほうがいいという意味なら、確かにうなずける。

が、恭子は短大を出ているのだ。成績は中程度だったが、中学生でもあるまいし、今さら初級者向けの教材を勧められたことに傷ついた。

女の身で短大卒といえば、間違いなくインテリだ。

しかも、恭子の出たところは入学試験も難しく、世間の憧れの的となっている。青山にある敷地には四年制大学と短期大学が仲良く建っており、親しく交流している。女子だから短大を選んでいるだけで、学力も同程度なのだ。

読み書きと会話が別なのはわかるけれど、中級者向けの教材から始めてもよさそうだと思う。

結局、何も買わないことにした。家に帰って相談してみよう。東京帝国大学を出ている父なら、いいアドバイスをくれるかもしれない。

その晩はちらし寿司だった。

スミさんから電報の話を聞いた母が、自ら料理の腕を振るったのだ。他にはローストビーフと、そら豆のポタージュスープ。和洋折衷もいいところだけれど、どれも恭子の好物だ。

父もシャンパンを掲げて早く帰ってきた。母が会社へ連絡したらしい。

社長がそんな勝手をしてもいいのかと思うが、部下は自分たちも早帰りができて嬉しいのかもしれない。

玄関まで父を出迎えにいくと、運転手の小村《こむら》さんも車から下りてきて、お祝いの言葉をくれた。

「このたびは、おめでとうございます」

嬉しいのと恥ずかしいのと半々で、恭子は照れ笑いした。

小村さんは会社から戻る道中、父からさんざん自慢話を聞かされたのだろう。今はよその会社で修業をしている兄さんが、父と同じ大学に合格したときも、そうだったというから。我が家の両親は子どもに甘いのである。

「お嬢さまは、たいした親孝行ですねえ」

スミさんまで給仕をしながら大袈裟なことを言う。

「まぐれよ」

「ご謙遜を。すごい倍率だったと、林《はやし》さんからも聞きましたよ」

「林さん？」

「今日の午後にいらしたんですよ。奥様の訪問着が仕立て上がったものですから」

「やだ。あの方に話したのね」

恭子は眉をしかめた。

「いけなかったですか？　でも、お祝い事ですから」

林さんは出入りの外商である。

そんな人にまで話が広がっているとは。恭子はスミさんの口の軽さに呆れた。ただの外商ならともかく、林さんの末妹は短大時代の同級生なのだ。これで仲間内に話が広がるに違いない。

とはいえ、満更でもない気持ちだった。

コンパニオンに合格したと、自分から触れ回るのは自慢しているみたいで気恥ずかしいけれど、いい噂《うわさ》が流れるのは大歓迎だ。恭子は火照る頰を掌《てのひら》で押さえ、口の軽いスミさんを睨む振りをした。そのうち、噂を聞いた誰かが連絡してくるだろう。

もしかすると、テレビにも映るかもしれない。そのためにも、しっかり勉強しておかなくては。

2

翌週から、恭子は英会話のレッスンへ通うことにした。

短大時代の恩師のミスター・マークに個人教授をお願いしたら、快く引き受けてもらえたのである。

レッスンの初日、恭子は虎屋の羊羹《ようかん》を手土産にマークの研究室を訪ねた。

「Congratulations!」

恭子の顔を見るなり、マークは手を差し出してきた。顔を合わせるのは卒業以来だが、相変わらずマークは紳士だった。アメリカ人が相手ならハグするところだが、日本人の恭子には握手で留めている。

長身でスマートなマークは、短大時代から人気だった。

当時は講師だったが、今は助教授に昇進したという。教育熱心で家族思いのいい先生だ。研究室の机には、日本人の奥様と可愛らしいお嬢さんと、仲良く並んで撮った写真が飾ってある。

今日から十月の開会式まで、週に三回レッスンに通う。

月、水、金の夕方五時から六時半まで。マークの厚意でそれだけの時間を割いてもらえることになった。

東京オリンピックで、諸外国の要人をもてなすコンパニオンをするのです——。

手紙で個人レッスンを依頼する際、東京オリンピックのコンパニオンに選ばれたことを記したら、すぐに快諾の返事がきた。こちらからお礼の電話をかけ、その場で個人教授の話がまとまった。マークは教え子の快挙を我がことのように喜び、すぐにでもレッスンを開始しようと、短大の講義の後に予定を組んでくれたのである。

羊羹を渡すと、マークはとろけそうな顔になった。アメリカ人なのに、大の和菓子好きなのだ。さっそくいただこうと、自らコーヒー豆を挽《ひ》く。お煎茶ではない。和菓子にも洋菓子にもコーヒーを合わせるのが、いかにもアメリカ人らしい。

マークは羊羹を切り分け、三つの皿に入れた。

おや、と思った。

「他に誰かいらっしゃるのですか？」

恭子が訊ねると、マークは目尻に皺《しわ》を寄せた。

「You'll see.」

すぐにわかるよ、か。

いったい誰のことだろう。恭子は首をひねった。しかし、もったいぶるほどのことはない。来客は間もなくあらわれた。

「千代子《ちよこ》じゃないの」

海老茶色のツーピースで颯爽《さっそう》と駆け込んできたのは、短大時代の同級生だった。

「え？」

声をかけると、千代子は首を傾《かし》げた。

「わたしよ」

恭子は手を振り、卒業以来の再会となる同級生を眺めた。大人になった、と感じた。千代子は背中までの長い髪を一つにまとめ、重そうな書類鞄を提げていた。

足下は低い踵《かかと》のパンプス。先生の見本のような出で立ちだ。

それもそのはず。千代子は短大時代に中学校の英語教員の二種免許を取り、都下の公立中学校で教師をしているのだ。眉を軽くととのえた程度の薄化粧に、かっちりしたツーピース。すっかり一人前の先生である。

まさか、ここで同級生と再会するとは。しかも千代子だ。恭子は嬉しくなった。

「素敵ね、その服。よく似合っているわ」

千代子は仲間内でも群を抜いて優秀だったのである。同じキャンパスで学んだ同級生が今や立派に社会で活躍していると思うと、自分まで誇らしい。

「恭子も似合うわよ、その格好」

「ありがとう」

いかにも先生という雰囲気の千代子に褒められると、何だか面映ゆい。

今日のスカートは三越で作らせたものである。

昨日、外商の林さんが届けてくれたのを、さっそく下ろしてきた。桃色のツイードで丸襟のジャケットと対になっている。少々可愛らし過ぎる気もするが、結婚するまではいいだろうと、若い娘気分で穿いてきた。

バッグと靴は白。髪も丁寧にコテで巻いてきた。千代子と比べ、恭子はいまだに短大生のようだ。

「Surprise.」

羊羹とコーヒーを配りながら、マークが片目をつぶった。かつての同級生二人が顔を合わせられるよう、個人レッスンの時間を合わせたのだそうだ。千代子は少し前から、マークのもとへ通っているらしい。

驚いた。

「教師をしながら？　大変ね」

仕事をしながら、今も勉強を続けているとはすごい。さすがに優等生の千代子だと、感心することしきり。

「そんなことないわよ」

「ううん。わたしだったら、とても両立できないもの」

恭子は尊敬のまなざしを送った。

朝から夕方まで働き、それから勉強するなんて想像しただけで目が回る。自分だったら、すぐに音を上げてしまいそうだ。さすが中学校の先生をしているだけはある。千代子は短大時代から勉強熱心だったけれど、社会へ出てさらに向上心が高まったのだろう。

「千代子は、大学の編入試験に挑戦するのです」

マークが誇らしげに言った。

「すごい」

つまり四年制大学へ入り直すということだ。

編入試験に合格すれば、短大卒の千代子は大学三年生から始められる。二年勉強し、卒業すれば学士様だ。恭子は目を丸くした。

「そんなこと考えたこともなかったわ。今からでも四年制大学に入れるのね。わたしも受験してみようかしら」

かぶりを振りながらつぶやくと、千代子は苦笑した。

「だって、あなたは結婚するのでしょう」

「ええ」

「お嫁さんになる人は、そんなことをしなくてもいいのよ」

そうかもしれない。

けれど、四年制大学へ編入できたら、健一郎さんに見直してもらえるのではないか。初心者用の英語教材を勧められたことに、恭子は今もこだわっていた。

「学歴を身につけるのに、結婚は関係ないわ。千代子だって、そのうちお嫁にいくでしょう」

「わたしは駄目。もてないもの」

謙遜した口振りで言い、千代子は書類鞄から筆記用具を出した。地味な革製のペンケースに飾り気のない大学ノート。短大時代から愛用している辞書。

それを見たら、何だか羨ましくなった。千代子は今も学んでいるのだ。

恭子の使っているペンケースは、この日のために外商の林さんが選んでくれたもの。赤い革製のしっかりした物で、イニシャルも打刻されている。そこに新調した万年筆を入れてきた。辞書もあらためて買い直した。

卒業すると、万年筆も辞書も縁がなくなってしまう。恭子はまっさらな大学ノートを開いた。書くことがなくて、とりあえず今日の日付を入れてみる。

千代子は鉛筆を使っていた。万年筆より、そちらのほうが便利なのだろう。

鉛筆を使ったのはどれくらい前になるかしらと、ふと思った。辞書を引くのも久し振りで、一つの単語を調べるのだけでもたつく。すっかり勉強から離れた自分と違い、千代子は今も学び続けている。それが恭子にはまぶしかった。

嫁入り道具には、辞書もノートも入っていない。結婚を控えた娘が読むべきは教科書ではなく料理本だ。

あと必要なのは着物。結婚すれば、妻としての付き合いがあるのだから。

そちらは母が熱心に揃えてくれている。留め袖に訪問着に喪服、色無地。林さんが反物を持ってくる日は、恭子も外出しないよう言われている。桐簞笥に二棹《さお》分持たせるつもりだと、母は張り切っている。カラーテレビ、カー、クーラーの「3C」も、林さんが最新のものを手配するという。車は嫁入り道具のついでにねだった。これからの女は運転もできたほうが格好いい。結婚したら、日曜日は健一郎さんと一緒にドライブするのだ。

一方で、昔ながらの着物も素敵だと思う。色とりどりの反物を好きに選べるのは楽しい。コンパニオンは振り袖を着るそうだが、オリンピックが終わればそれも卒業。振り袖はそのまま実家へ置いていく。

結婚式が済めば引っ越しだ。新居には、天火が使えるオーブンを置くことになっていて、料理教室をしているお義母さんからパイの焼き方を習いにくるように言われている。

健一郎さんのお嫁さんになれるのは幸せだけど、少しさみしい気もするのだ。職業婦人になる道もあったはずなのに、結婚すれば、その道も閉ざされる。自分で選んだこととはいえ、何だか千代子が羨ましかった。

「先生になって、どう？」

大変なこともあるだろうが、その分やり甲斐もありそうだ。

「恭子こそ、どうなの。結婚が決まっているのに英語なんて。もしかして、旦那さんの海外赴任が決まったのかしら」

質問したつもりが、訊き返された。

じきに結婚するのに、今さら英語の個人教授を受けるなんて、どういう風の吹き回しかという顔をしている。職業婦人から見れば、恭子はお気楽な身の上である。不思議に思われるのも当然だ。

「今のところ、そういう話はないわ。銀行員だから、いずれ海外に転勤することもあるかもしれないけれど」

「エリートね」

「そんなこともないわ」

「すごい指輪じゃないの。何カラット?」

「さあ。どれくらいかしら」

健一郎さんが贈ってくれたのは、二カラットのダイヤモンドである。

銀座和光で作らせたものだとも知っているが、自慢になりそうだから言わなかった。結納を交わして以来、毎日欠かさずつけている。いくらなのか聞いていないが、それなりに値が張るだろうとは思う。

「実は、東京オリンピックのコンパニオンをやるのよ」

指輪を撫《な》でながら、恭子は打ち明けた。

「すばらしいだろう」

マークは青い目を大きく見開いた。

「本当ね」

立派な職業婦人の千代子に褒められると、くすぐったい。恭子はあわてて言った。

「まぐれなのよ」

「ご謙遜ね。かなりの倍率だったでしょう」

「そうみたい。きっと、知らずに受けたのがよかったのね」

「どんな試験だったの？」

「履歴書を送ったのよ」

「あら。それだけ？」

千代子は眉を上げた。

「そうなの。履歴書を送ったきり何の返事もないから、落ちたと思っていたところへ合格の知らせが届いたのよ」

「本当に？　そんなに簡単だったの？」

「ええ、そうよ」

恭子がうなずくと、千代子はわずかに眉を曇らせた。そんなわけがないと疑っているのかもしれないが、本当のことだ。

「もしかすると、この後に厳しいlessonが控えているかもしれない。ついていけない者を落とすために」

マークが顎に手を当て、しかつめらしい面持ちで話に割り込んできた。

「ええ？」

「アメリカの大学は、入るのは楽でも卒業するのが難しいですから。コンパニオンも同じ、これから厳しい篩《ふるい》にかけられるのでしょう」

なるほど。そういうことなのかもしれない。

どうしよう――。

恭子は青くなった。短大を卒業してから何も勉強してこなかったことを悔やんでも、後の祭り。今から復習して追いつけるだろうか。

もてなすのは諸外国の要人。生半《なまなか》な語学力で通用するわけがない。恭子が受け取ったのは仮の合格通知だったのかもしれない。怖くなり、浮かれていた気持ちが冷めた。

「I'm just kidding.」

バリトンボイスで言い、マークが恭子を見た。

「冗談です」

青い目が笑っている。

「もう！」

本気にするところだった。

恭子は涙ぐみそうになった。そんな糠喜《ぬかよろこ》びは絶対に嫌だ。

よし。決めた。

こうなったら石にかじりついてでも、他の合格者についていこう。せっかく摑《つか》んだ機会を易々と手放すものか。

「心配いりませんよ。僕が厳しくlessonしますから」

マークは胸を叩いた。コーヒーをいただいた後、さっそくレッスンを始めた。使ったのは短大の講義のテキストである。レッスン中は日本語を使うことを禁止され、マークを相手に英会話の実践をした。

千代子は黙々と長文に取り組んでいた。編入試験のために、大学受験用の勉強をしているのだという。隣で英会話のレッスンなどして邪魔にならないかと心配だが、よほど集中しているのか、千代子は長文から目も上げない。

こちらは気が散り、とんちんかんな受け答えをする始末――なんて。

それは言い訳。単に自分の語学力不足のせいだ。ほんの一時間半の間に、恭子は汗びっしょりになった。情けないことに、簡単な挨拶すら忘れてしまっていた。会話の途中で何度も言葉に詰まり、レッスンの終わる頃には身振り手振りのし過ぎでだるくなっていた。

「ああ、くたびれた」

研究室を出た途端、思わず声が出た。

「千代子はすごいわね」

心から感心する。

すでに教師なのに、さらに上を目指して勉強に励んでいるなんて。こういう仲間がいれば、こちらの負けん気も刺激される。

せっかくだから一緒に食事でも、と誘ったが、あいにく先約があるのだという。

「デート？」

「まあ、そんなところ」

「きゃあ。どんなお相手なの」

探りを入れたが、千代子は乗ってこなかった。

「またね」

片手を挙げ、小走りに去っていく。重そうな書類鞄を提げているのに、しっかりとした足取り。もう慣れているのだろう。

格好いいわね――。

自分の同級生が、社会に出て活躍しているのが誇らしい。背筋をぴんと伸ばした後ろ姿を見送り、さて、と恭子も家路についた。

3

コンパニオンの合格通知に続き、説明会の案内が来た。

場所は赤坂離宮。日本オリンピック委員会の組織が置かれているのだそうだ。

帝国劇場へお芝居を観にいく母と一緒に、タクシーで出かけた。何を着たものか迷ったが、きちんとして見えるようにと、白地に黒の千鳥格子のワンピースにした。そこへさらにかっちりと白いジャケットを着込み、ヒール靴を合わせる。

イメージは丸の内辺りにおつとめしている秘書だ。この日のために、千代子が持っていたような、大学ノートが入る大きさのバッグも新調した。

赤坂離宮に着くと、似たような年頃の娘たちがちらほらいた。付き添いらしい母親と二人連れの方もいる。

エレベーターでは、華やかな装いをしたお嬢さんたちと乗り合わせた。たちまち狭い箱の中が甘い香りで満ちる。後から駆け込んできた紳士が一瞬ためらった面持ちになった。とんだところへ乗り合わせたものだと思っているのかもしれない。

三階で下りて、恭子は説明会場へ向かった。バンケットホールの入り口に、「日本オリンピック委員会　コンパニオン説明会」と案内が出ている。中にはテーブルと椅子が並べられ、黒服のボーイが脇に控えていた。

一つのテーブルに椅子が四つで、それが十列。

既に到着している者が数名いる。

席が後ろから埋まっていくのは、短大時代の講義と同じ。恭子はフロアに入り、先頭の列に腰を下ろした。ボーイが近寄ってきてグラスに水を注ぐ。どうせなら紅茶をいただきたいところだが、それを望むのは図々しいだろう。ここは水で満足しておく。

マークの英会話レッスンでも使っているノートを広げると、学生に戻ったようで気分が浮き立った。オリンピック開催まで何回かこういう会が開かれるなら、新しいお友達ができるかもしれない。

そんなことを考えていたら、ぽんと肩を叩かれた。

「あなたも合格したのね」

短大時代の同級生、桐山《きりやま》由紀子《ゆきこ》が微笑んでいた。千代子に続いて由紀子まで。おもしろい偶然もあるものだ。

「まあ。驚いた」

「よかった。誰も知り合いがいなくて不安だったの」

由紀子は小声で言い、隣の席へ座った。ふわりと花の香りが匂い立つ。短大の頃から愛用している、ミスディオールである。

卒業して以来、顔を合わせるのは初めてだった。

短大時代より、美しさに磨きがかかったようだ。日本有数の自動車メーカーの社長令嬢の由紀子は、美人で有名だった。学生の頃から舶来の香水をつけ、着るものも華やかで、常に取り巻きに囲まれていたものだ。

由紀子は黒のエナメルのハンドバッグを膝にちょこんと乗せ、こちらを見た。

「今日は筆記用具がいるの？」

「たぶんね」

案内には特に記載がなかったが、説明会というから持参した。

「余分があったら、借りてもいいかしら」

「もちろん」

恭子はペンケースから鉛筆を出し、由紀子へ差し出した。

「わあ、ありがとう」

無邪気な物言いをして、きゅっと鉛筆を抱きしめる。

こういうところも相変わらずだ。

短大時代にも、よくこうやって頼られた。由紀子はあまり勉強が得意ではない。授業より遊びに熱心なタイプで、試験前には、いつも誰かにノートを貸してもらっていたのだ。だから正直なところ、この会場で由紀子に出会ったことは意外だった。

スチュワーデスの試験に応募したのならわかる。

けれど、ここに集まったのは、オリンピックで諸外国の貴賓をもてなすコンパニオンである。陸上競技の関係者として招集された方を除けば、一般公募の選考を突破した合格者だ。こんなことを言うと不遜なようだが、由紀子が合格したことに驚いた。彼女は英文科の中でもビリに近い成績で、英語も得意ではなかったのだ。

もっとも、書類だけ見れば最終学歴は同じ。成績証明を提出したわけでも、面接で語学力を試されたわけでもない。短大の名前がものを言い、合格したのだとも考えられる。

止めよう——。

そんなふうに考えるのは失礼だ。同じ短大を出た同級生ではないか。何様のつもりなの、と恭子は自分を諌《いさ》めた。

会場を見渡せば、賢そうな方ばかり。百倍の競争率を突破したのもさもありなん、という令嬢が集まっている。自分がその末席に加われるだけで光栄だと思っていればいい。

何気なく後ろを振り返ると、列の中頃に座っている二人の令嬢に目が留まった。

どこかで見覚えがあると思ったら、池田勇人《いけだはやと》総理のお嬢さま方だ。前に『婦人画報』でご家族の写真を拝見した。お姉さまのほうはアメリカに遊学されると、記事に書かれていたような。すると、日本へ戻られたのだ。

お隣に座っているのは妹さん。面立ちがよく似通っている。お二人とも聡明そうで美しい。まさか、ここでお目にかかれると思わなかった。

定刻になり、説明会が始まった。

「やあ、こんにちは」

登壇したのは、日本オリンピック委員会委員長の竹田恒徳《たけだつねよし》氏。元陸軍軍人らしく、きりりとした面立ちのおじさまだ。数十名の女性を前にして、にこりともせず真顔でいらっしゃるのが中々ダンディでもある。

竹田恒徳氏によると、コンパニオンに選ばれたのは総勢四十名。

わたしたちは日本女性の代表として、諸外国の貴賓の通訳や秘書役をつとめるのだと、あらためて説明された。非常に重大な任務だから、誇りを持ってほしい。そんな趣旨の訓示であった。

オリンピック開催まで、コンパニオンは数回にわたり、赤坂離宮で講義を受けることになるのだという。

淑女としての立ち居振る舞いやマナーを学ぶ。礼儀作法にうるさい母が聞いたら、手を叩いて歓迎しそうな話だ。総理大臣のご息女と一緒に学べる機会など、そう滅多にないだろう。恭子のことも、本当は学習院へ入れたかった母のこと。これもご縁だから仲良くしていただきなさいと言い出しそうだ。

説明会の後、由紀子に誘われ一階のティールームに寄った。

「思ったより面倒そうね」

メニューを開く前に、由紀子がうんざりとした声を出した。

「そうね。だけど、やり甲斐はありそうよ」

「選ばれただけで箔《はく》がつくものね。これで縁談も選び放題だわ」

「まあ。由紀子ったら」

苦笑いをして、メニューに目をやる。

「ミルクティーにしようかしら」

恭子が言うと、

「わたし、ケーキもいただく」

と、由紀子。そう言われると、自分も食べたくなる。恭子はあらためてメニューを見返し、苺のパイをあわせて注文することにした。

平日の昼間とあって、ティールームは空いていた。広大な庭に面した大きな窓から日差しが入り、うっとりするほど暖かい。昨日もマークのところで個人レッスンを受け、自宅でも復習した。説明会が終わった解放感で、どっと疲れが出たのかもしれない。

「眠そうね」

「少しだけ。昨夜は遅かったのよ」

「デートでしょ」

由紀子がすかさず、からかってきた。

「やあね。そうじゃないわよ」

「本当に？」

英語の勉強をしたから寝不足なのだと打ち明けたら、きっと目をぱちくりさせるだろう。短大時代から由紀子は発展家だった。外車に乗ったボーイフレンドが、授業が終わるのを待っていたのを覚えている。由紀子ならコンパニオンなどしなくても、縁談はより取り見取りだろう。候補が多過ぎて決めるのに迷うくらいかもしれない。

恭子は短大で講師をしていたマークに、英語の個人レッスンを受けていることを話した。偶然、千代子と一緒だということも。

「ふうん」

由紀子の反応は薄かった。コーヒーを口に運びながら、浅くうなずいている。

「今から大学に編入しようなんて、千代子も変わっているわね」

自分にはわからないというふうに、由紀子はかぶりを振った。

「四大卒になったら、ますます縁遠くなるでしょうに」

「教師だもの、同じ志の方が見つかるわよ」

「そうかしら。教師も男よ」

短大時代から、由紀子と千代子は相性がよくないのである。正反対の二人だからしょうがないのかもしれないが。

「でも、わからなくもないわ。マークはいい男よね」

まったく。

あまり賛同はできないけれど、こういう女同士の会話は楽しい。このときは、そう思っていた。

4

早咲きのコスモスが咲き出す頃になると、すっかり秋らしくなった。

毎日、気持ちいい秋晴れが続いている。家でも着物の衣替えをした。虫干しにはお誂《あつら》え向きだと、スミさんは母の着物を数枚ずつ衣紋《えもん》かけに吊るし、晴天をありがたがっている。

嫁入り道具の着物も、いつの間にか仕立て上がっていた。

恭子はそれにも気づかなかった。着物どころではなく、毎日時間に追われていた。夏が終わったせいか、日の落ちるのが早い。夕焼けが消えかかる頃になると、恭子は焦った。もう一日が終わってしまう。どうしよう、と。

それくらい忙しかった。

まずは、赤坂離宮で開かれる講義がある。

講師は日本オリンピック委員会の事務総長、与謝野秀《よさのしげる》夫人の道子《みちこ》さん。一番町にある女子学院を卒業された才媛だ。道子さんの指導は実に厳しかった。

恭子とて、世間からはお嬢さんと呼ばれている。自分としては、一通りの礼儀作法は身につけているつもりでいた。子どもの頃に始めた茶道は師範の免状をいただき、今では茶事で亭主をつとめることもある。着付けもできるし、季節の花も知っている。が、威張れたことではない。他の方々はもっと優秀だった。

井の中の蛙《かわず》とは、まさにこのこと。これまでどこへ出ても恥ずかしくないと自負していたことに、我ながら呆れる。恭子は今さらながら、己の視野の狭さを恥じた。

そこへいくと、道子さんはすごい。立っているだけで美しいのだ。その場にあらわれると、思わず目を惹かれる。身のこなしのすべてが違う。こういう方を大和撫子というのだろう。

道子さんの手ほどきを受けられるだけでも、コンパニオンに選ばれた甲斐があるというもの。おまけに、池田総理のご息女とご一緒できるのだからすごい。後から『婦人画報』

を見返してわかったのだが、コンパニオンをなさるのは次女の紀子《のりこ》さんと三女の祥子《しょうこ》さんであった。

姿勢を正して立っているだけで、驚くほどくたびれる。

子どもの頃、母に背中へ定規を入れられたときもそうだった。きれいに歩こうと意識すればするほど、体は硬くなるのだと、あらためてわかる。講義が終わると、恭子は水から上がったときのようにぐったりとした。

夕方にはマークの個人レッスンもある。

疲れたからといって怠けるわけにいかなかった。四十名の仲間のうちで、恭子は劣等生だった。短大卒など威張れるうちにも入らない。中には女ながらに国立大学を出ている方もいた。語学堪能で博識な仲間に囲まれていると、嫌でも彼我の差を思い知らされる。

そんな方々と共に学べるなんて、何と光栄なこと。少しでも追いつきたくて、恭子は毎日頑張った。学生の頃より勉強で忙しく、立ち止まる暇もないまま過ぎていった。

気がつけば九月も中旬に入っていた。

日中は残暑が厳しく、恭子は駅までの道を急ぎながら、額に浮いた汗をハンカチで押さえた。

日傘を差してくればよかった。

結婚式まで日焼けを避けるつもりでいたのに。照り返しで白く光る道路には、日陰がほとんどなかった。恭子は一瞬立ちすくんだ。

いったん引き返そうかしら。

今日は健一郎さんと動物園へ行くことになっている。日傘もなしに歩き回ったら一日で真っ黒になりそうだ。けれど、両手はスミさんのお手製のサンドイッチと冷たいレモネードを入れた水筒でふさがっている。引き返したところで、日傘は差せない。だったら、今日は動物園に行くのはよそうか。

「構わないよ」

待ち合わせした喫茶店で、あっさりと健一郎さんは言った。

「本当に？」

「ああ」

自分から言い出しておきながら、こうも話が早いと拍子抜けする。

健一郎さんと会うのは先月以来だった。互いの予定が重なり、顔を見ない日が続いていた。だから今日は思い切り甘えるつもりだった。

なのに、今日の健一郎さんはおかしい。

「それなら、今日は帰っていいかな」

ソーダ水を飲み終えるなり、当たり前のように言う。

「会ったばかりなのに？」

健一郎さんが帰ろうとするものだから、恭子は驚いた。

「そんな。せっかく予定を合わせたのですもの、どこか別のところに行きましょうよ」

「どこかって？」

「たとえば公園とか」

「日焼けするから、外を歩きたくないと言ったのは君じゃないか」

「そうだけど。公園には木陰があるでしょう」

言葉を重ねるほど、雲行きが怪しくなっていく。健一郎さんは硬い表情をしていた。何を考えているのか読めない目で、じっと恭子の顔を見ている。

「無理しなくていいよ。忙しいんだろう」

「そんなことないわ」

「じゃあ、僕に会う暇がないだけか」

「え？」

恭子はぽかんとした。健一郎さんは、おもむろに麻のジャケットの内ポケットに手を入れた。白い封筒を取り出し、黙ってこちらに差し出す。

「一昨日、家に届いた」

何かしら。

不穏な予感が胸に広がる。封筒の宛名書きはタイプで印字されていた。裏返したが差出人の名はなかった。

中には写真が入っていた。

「何これ」

一目見るなり、かっと顔が熱くなった。

写真でマークと恭子が頬を寄せていた。研究室の外から撮ったのだろう。腕前は今ひとつなのかピンぼけだが、髪の色と背の高さでマークだとわかる。健一郎さんの妙な態度が腑《ふ》に落ちた。家にこんなものを送られたのだから、誤解してもおかしくない。

恭子はかぶりを振った。

「違うのよ」

見方によっては誤解されそうだが、単に英語を教わっているだけだ。発音がよくないのを気にして口ごもった恭子に、マークが耳を寄せた。それだけのことだ。

マークは発音に厳しいのである。

(何と言ったんだい?)

わざと聞き返し、恭子の口許へ耳を近づける。そんなことでは通じないよ、というジェスチャーだ。短大の頃も、授業でよくやられた。けれど、それは一瞬のこと。マークはすぐに恭子から離れる。

この後に何を言われたのかも覚えている。

（聴さないで、きちんと話しなさい。少しくらい発音が曖昧でも、文法を間違えても構わないから。黙り込まれると、こちらは何もわからない）

マークは教え子に苦言を呈するために、敢えて「聞こえない」とジェスチャーで示すのだ。短大時代からそうだった。恭子に限らず、教え子には誰にでもやる。

それだけの話だ。

嘘ではない。けれど、健一郎さんは硬い表情のままだった。恭子とマークの仲を疑っているのだろう。馬鹿らしい。こんな写真一枚で。婚約までしている仲なのに。

悔しくて恭子は唇を噛《か》んだ。扇風機の風にあおられ、飛ばされそうな封筒を指で押さえながら、健一郎さんを睨む。

「こんな写真で疑うのは止して。わたしは断じて――」

「僕は信じるけど」

健一郎さんは素っ気ない声で、恭子の話を遮った。

「家にも妙な電話がきているようでね、母が参っている」

「お母様が？」

「料理教室の生徒さんの間で、君のことが噂になっているようだ」

健一郎さんのお母様は、自宅で料理を教えている。その生徒さんから恭子の噂を聞いたそうだ。

「どんな噂なの」

「聞きたいかい」

その言い方に、胸がひやりとした。

きっとひどい噂なのだろう。健一郎さんは言いたくないのだ。そんな下劣な話を口の端に載せるのも不快なのだ。どうしてそれ程の噂を立てられるのかわからない。

「健一郎さん」

いつものように呼びかけても、優しい声は返ってこない。李下に冠を正さずと言うように、噂を立てられた恭子が悪いのだ。婚約中の身で他の男性との仲を取りざたされるような隙を見せるからいけない。

振られるんだわ——。

要するに、これは別れ話なのだろう。写真を見せられた時点で、そうと悟るべきだった。我ながら、鈍いものだと呆れてしまう。健一郎さんがいなくなる。十一月には結婚式を挙げて、ともに歩んでいくつもりだったのに。

呆気ないものだ。

今の今まで、恭子は健一郎さんと別れるときが来るなど、考えたこともなかった。たかが一枚の写真で、一生を誓い合った仲が壊れるとは。

ぼんやりと目の前のアイスティへ手を伸ばしたら、

「あのさ」

健一郎さんが言った。

「コンパニオンに選ばれたこと、誰かに話してないかな」

「どういうこと？」

恭子はストローを手に訊ねた。

まだ自分と話を続けてくれる気があるのかと、健一郎の意図を訝《いぶか》しんだ。

「思い出してみてくれないか」

重ねて言われ、日本オリンピック委員会から電報が届いたときから、記憶をたどった。

最初に話したのはスミさん。それから健一郎さん。母にはスミさんが言い、母が父に伝えた。あとはマークと千代子。コンパニオン仲間の由紀子も知っている。

「他には？」

「話していないわ」

「本当にそれで全員？　忘れている人はいないかな。よく思い出してほしい」

そう言われても。

日頃から自慢話は慎むようにしている。

父が会社の社長をしていることも、こちらからは話さない。世の中が決して平等ではないと、子どもの頃から言い聞かされている。社長令嬢と知られると、どこで誰にやっかまれるとも限らない。

世の中は物騒なのだ。去年の三月には、入谷で四歳の男の子の誘拐殺人事件も起きている。犯人は公園で遊んでいる男の子二人のうち、いい身なりの子どもに目をつけたという。男の子は母親と出かけるため、よそゆきを着ていただけなのに。

日頃から、恭子もそういうことには気をつけている。今回のコンパニオンの件も身内以外には伏せていた。東京オリンピックで諸外国の貴賓をもてなす役に選ばれたと言えば、それこそ自慢話になりかねない。

「そうか」

「あ、でも――」

スミさんはおしゃべりだ。悪気なく話を広げている可能性がある。その日のうちに外商の林さんにもしゃべったくらいだ。他の誰かに言ったとしてもおかしくない。家に帰ったら、確かめなくては。

「もしかして、わたしがオリンピックのコンパニオンに選ばれたことが、送られてきた写真と何か関係があるのかしら」

「おそらく」

「健一郎さんに片思いをしている方、という線も考えられないかしら」

恭子が言うと、健一郎さんは苦笑した。

「それはないよ」

「僕たちが婚約したのは一年前だろう。嫌がらせをする気なら、もっと前からしているよ。妬まれるとしたら、たぶんコンパニオンの件だ」

「わたしと同じように応募して、落ちた人とか――」

「考えられなくはないと思う」

「そんな――、そんなの逆恨みだわ」

「よくあることだよ」

「そうかしら」

承服できない。

「書類選考で決まったのだから、落ちたのは自分のせいでしょう。合格したわたしを逆恨みするのは、ただの八つ当たりだわ」

かっとなって言うと、健一郎さんは静かな目で恭子を見た。

「そう思っているのかい」

「当然よ。だって、選考は公正なものでしょう」

健一郎さんは黙っていた。その無言で、恭子は自分の思い違いを悟った。

つまり、選考は公正ではないということだ。

恭子が合格したのは実力ではない。縁故だ。そんなのは嘘だと、言い切る自信はなかった。短大に進むとき、恭子は無試験だった。エスカレーター式だから当時は何とも思わなかったが、寄付を積めば上がれると噂を聞いたことがある。

試験を受けて入ってきた外部生は、みな驚くほど優秀だった。話を聞くと、それぞれ地元の進学校でも男子生徒と互角に競っていたらしい。そういう外部生たちと肩を並べていたのを認められて、コンパニオンに選抜されたのだと呑気に思っていた。

どれだけ自惚《うぬぼ》れが強いのか、我ながら呆れてしまう。

健一郎さんに初級者用の英会話テキストを勧められたときに、気づいてもよかったのだ。なぜ語学堪能ではない自分が受かったのか。そこに何らかの社会的な配慮が働いたのではないかと、疑ってもよかった。何と世間知らずだったのだろう。

スミさんが話したのは外商の林さんだけだった。そこに繋《つな》がる誰かが、こうした嫌がらせをしたとは考えにくい。羨ましいなら自分も両親に頼めばいい。外商と付き合いがある家の娘なら、そうした手段もとれるだろう。

と、なると。

誰が写真を送ってきたのか察しがつく。

まさか、とは思うが、消去法でいくと他に考えようがなかった。

証拠はない。けれど、きっと当たりだ。

喫茶店を出ると、外は嫌になるほど晴れていた。

5

果たして、いつもの時間に彼女はやって来た。

「あら」

研究室に恭子しかいないのを見て、千代子は怪訝《けげん》な顔をした。

「先生はお留守よ」

マークには、今日は一時間遅れでレッスンを始めたいと頼んである。研究室を借りることにも許可を取った。千代子は逡巡《しゅんじゅん》しているのか、ドアに手をかけたまま立っている。恭子に待ち伏せされたことを悟ったのだろう。

「入ったら?」

促すと、千代子は観念した面持ちでしたがった。

眉を心持ち引き締め、無表情に入ってくる。恭子は小さな応接セットを示し、二人で真向かいに座った。かつての恩師の研究室でこんな話をするのは気が進まない。恭子は深呼吸して切り出した。

「これを出したのはあなたね」

健一郎さんから預かった封筒を、千代子の目の前に出した。持って回った言い方をするより、現物を見せたほうが早い。千代子はちらと封筒を見たが、すぐに目を上げた。

「そうよ」

千代子は悪びれもせず認めた。その図々しさに、恭子は目を見開いた。

「わたしがマーク先生と何もないのは、あなたもよく知っているはずでしょう。一緒に個人レッスンを受けているのだもの」

恭子が早口に言いつのると、千代子は鼻を鳴らした。

「だから何も書いていないでしょう。写真を送っただけよ。何か誤解されたのだとしたら、それはあなたたち二人の信頼関係の問題じゃないかしら」

「隠し撮りの写真を送っておいて、よくそんなことを言えるわね。こういうことをすること自体、悪意がある行為でしょう。添え書きがなくても意図は伝わるわ。あなたは先生で頭がいいのだから、それくらいわかるでしょう」

「それで？」

千代子はゆったりとした声で返すと、両腕を組んだ。

「訴えるとでも言うの？」

「そうすることもできるわね」

卑劣な噂がもとで婚約が破談になれば、両親は怒るはずだ。特に父は千代子を許さないと思う。家では温厚な顔をしているけれど、会社では厳しい人で通っているという話だ。娘の恭子が傷つけられたら、倍にして返すくらいのことをしてもおかしくない。

自分は両親に守られてきたのだ。今になって、つくづく恭子は感じる。短大へ無試験で上がれたのも、付属の小学校からエスカレーター式で進んできたからだ。普通に受験していたら合格したかどうか。恭子は学費の心配もしたことがない。おしゃれをしてキャンパスへ通うのが、ただ楽しかった。

就職も端《はな》からする気がなかった。先生になろうなどと、夢にも考えたことがない。短大を出たら、なるべく早くお嫁さんになろうと思っていた。

「つまり、めでたくご結婚なさるわけね」

口振りに棘《とげ》があった。優等生の千代子らしからぬ、直截《ちょくせつ》的な物言いだ。

「破談になったわ」

「えっ」

「彼はともかく、あちらのお母様が許してくださらなくて。先日、仲人さんを通してお断りされたの」

千代子は頬をつねられたような顔になった。そうなることを願っていたくせに、いざそうと聞かされると罪悪感が湧くのか。その偽善が癇《かん》に障《さわ》る。

「そんな顔しなくていいのよ。こんな写真一枚で疑うような人だと、結婚前にわかってよかったと思っているの。お式の準備もしなくていい分、コンパニオンの仕事に集中できるから。意外と厳しくて大変なの」

「でしょうね」

「ええ。でも、合格した者のつとめだから」

「ふうん」

千代子は皮肉に口を歪《ゆが》めた。

「せいぜい頑張ってよ。お父上の名に恥じないよう」

「どういうこと？」

眉をひそめると、千代子は薄い笑みを浮かべた。

「そのままの意味よ。あなたが受かったのは、東京オリンピックの協賛企業の社長の娘だからでしょう。しくじったら大変よ」

「適当なことを言わないで」

「適当なものですか。コンパニオンの試験には、わたしも応募したんだから。あなたが受かるのはおかしいでしょう。わたしの方が短大時代の学業成績もずっと上で、今も英語の教師をしているのだから」

「履歴書の写真がよくなかったんじゃないの。あなた無愛想だから――」

「そんなの関係あるものですか」

千代子は目を剝《む》き、言い放った。

「わたしの言うことを疑うなら、直接お父さまに訊いてみるといいわ」

「ええ、そうする」

切り口上で返したものの、恭子は自分でも顔色が変わっているのがわかった。

落ちた者の僻《ひが》みだと言いたいところだが、とても口にできなかった。もしかして千代子の言う通りなのかもしれない。

応募書類には、自宅住所や家族の氏名も記載した。恭子が東京オリンピックの協賛企業の社長令嬢であることに、委員会の職員が気づいたとしても不思議ではない。恭子を落とせばどうなるか、当然計算しただろう。

書類審査で自分たちを比べたら、悔しいけれど千代子が上だ。それは自分でも認める。となると、やはり恭子がコンパニオンに合格したのは、父の威光が効いたおかげか。

応募書類に東京オリンピックの協賛企業の社長の娘の履歴書があるのを、委員会の職員が見つけ、父のところに話がきた。そう考えるとうなずける。両親に内緒で応募したつもりでいたが、おそらく先方から手が回っていたのだ。そんな可能性も考えず、実力で合格した気でいたのだから、つくづくおめでたい。

そういう世間知らずなところが、千代子のような苦労人の恨みを買うのだろう。

首席で短大を卒業した自分が落ちて、明らかに学力で劣る恭子が合格したのだ。逆恨みをしたくなるのも当然。おそらく短大時代も似たような屈託があったのだろう。千代子とは卒業まで仲良くなることがなかった。

「顔色が悪いわよ」

軽侮を含んだ調子で言われ、恭子は手で頬を押さえた。

「何ともないわ」

泣きたい気持ちを抑え、恭子は笑顔をつくった。

「千代子も頑張って。大学の編入試験」

「そうね」

「試験に合格して、卒業したら学士でしょう。すごいわ」

「別にすごくないわ。一種の免状がないと、学士様の同僚からまともに相手をしてもらえないのよ。月給も大違いだし」

千代子は冷めた声で言った。

「そうなの？　カメラを買えるくらいの余裕はあるのでしょう」

恭子が切り返すと、千代子は薄く笑った。

「相変わらずお嬢さんね」

「どういうこと」

「わたしの月給で買えるわけがないでしょう。一番安いものでも六千円はするのよ」

千代子は中学校で写真部の顧問をしているのだという。自分でフィルムだけ買い、学校のカメラで撮ったのだそうだ。顧問といっても、自分では買う余裕もないらしい。

「教師は安月給なの。あなたは知らないでしょうけど」

「わたし、世間知らずだから。やっぱり千代子はすごいわ」

本音だった。人に勉強を教えるなんて、恭子にはできない。ましてや働きながら、四年制大学に編入を目指すなんて。『婦人画報』で取り上げたらどうかという頑張りだ。千代子は唇の端をわずかに上げ、返事はしなかった。おつとめもしたことのないお嬢さんに、褒められても嬉しくないのだろう。

そこへ一時間遅れで、マークがやって来た。いつものように個人レッスンが始まる。が、今日が最後。恭子は別の講師を頼むことにした。さすがに、もう千代子と顔を突き合わせて勉強するのは無理だ。

いつものように研究室で別れ、恭子と千代子はそれぞれの家路についた。

数歩行き、振り返る。

千代子は肩を落としていた。足取りも重い。優等生らしからぬ、しょんぼりとした後ろ姿だ。きっと悔やんでいるのだろう。嫉妬心からつまらない嫌がらせをした己を恥じ、教師としての適性も疑っているかもしれない。

でも、辞めないで——。

恭子は去っていく背中に、願った。

罪悪感から千代子が教師を辞めてしまったら、こちらが悔やむ羽目になる。それはおかしい。意地悪をしたのは千代子だ。たとえ嫌われる原因があったのだとしても、謝るつもりはない。

悩むのは千代子のほう。悪いことをしたのだから当然だ。だからといって、一生暗い顔をしていなくてもいい。

わたしたちが次に顔を合わせるとしたら、何年先になるだろう。二人とも、いい歳のおばさんになった頃かもしれない。そのときまでに少しは成長して、千代子を許せるようになれたらいいけれど。


自宅の最寄り駅に行くと、健一郎さんが待っていた。

「やあ」

それに応えて手を振り、健一郎さんのもとへ駆け寄る。

恭子は千代子に嘘をついた。

婚約はまだ破談になっていない。ただし、式は一年延期した。

あの写真の件で、健一郎さんの親類縁者から反対の声が出たのだ。いたずらだとしても、何かあるはず。火のないところに煙は立たないものだからと。そういう発展家のお嬢さんは、堅い銀行員の妻にはふさわしくないと。

いくら誤解だと説明しても、信じてくれない人はいる。道のりは険しい。今のところ健一郎さんも楽観的だけれど、先のことはわからない。このまま親類縁者を説得できず、なしくずしに別れてしまう可能性もある。

わからないのは、コンパニオンのほうも同じだった。

赤坂離宮の説明会のときに四十名いた仲間は、いつの間にか三十四名に減った。いなくなったうちの一人に、由紀子も含まれている。コネ合格でも講義についてこられないと落第になるのだ。講師の与謝野道子さんが厳しい目でチェックし、劣等生をふるい落としているのだという。

由紀子は外商の林さんを通じ、恭子がコンパニオンに合格したと知ったらしい。同じ短大の同級生が受かるくらいなら自分もやれると、両親に泣きつき、嫁入り前の記念にと選考が終わった後から無理にねじ込んでもらったのだとか。もっとも、ただの噂だ。あの由紀子にコンパニオンなどつとまるはずがないと、短大時代の同級生が好き勝手に話しているだけ。

コネ合格かどうかは別として、講義についてこられないようでは、貴賓の前に出せない。由紀子は二回目までは赤坂離宮の講義に出席したものの、三回目の講義にはあらわれず、そのまま消えた。

合格した経緯が腑に落ちて、恭子はコンパニオンを辞退しようと思った。が、父に反対された。そのやり方では自分の気が済むだけで、相手を馬鹿にしていると。そういうのは傲慢《ごうまん》だと諭された。

実際、恭子が辞退したところで、千代子が繰り上げで合格となるわけではない。選考は公正に行われたのだ。縁故による合格も含めて。日本オリンピック委員会は、諸外国の貴賓をもてなすのにふさわしい婦人を選んだのである。

今のところ落第のお達しはきていないけれど、恭子も人のことは笑えない。もし駄目だったら、それもまた人生経験と思うことにしよう。コネで得られるのは挑戦する機会だけなのだと思い知るのも、きっといい薬になる。

千代子のおかげで、そんなふうに考えることができた。

短大に通っていた頃より、今のほうが熱心に勉強している。簡単な日常会話はできるようになったし、新調した辞書もこの頃は手早く引ける。もしこれから仲良くやっていけるなら、嫁入り道具にも入れるつもりだ。

二人で並んで歩き出したら、風がうるんできた。

今夜あたり、雨が降るのかもしれない。

第三話

金の卵、かえる

「金の卵」は、1964年の流行語のひとつで、中学卒、高校卒などの、前途有望な若い就職希望者たちのこと。地方の農村から集団で上京し、企業や店舗に働き口を求める集団就職も行われた。

1

努力すれば何者にもなれる。

子どもの頃はそう信じていた。集団就職するときには、東京に行けばすぐに夢が叶うのだと栄子《えいこ》は思っていた。

なぜって、自分は金の卵だから。前途有望な若者だから。

中学の同級生たちと夜行列車に乗って、上野に向かったとき、栄子《えいこ》は目が覚めたときには別世界にいるのだと信じていた。

実際のところ、東京は素晴らしかった。田舎とは何もかもが違う。人の多さには目が回るようだし、右を向いても左を向いても珍しいものばかり。道路を走っている車も、地元ではオート三輪だが、東京ではクラウンだ。しかも、ときには外車を目にするのが驚きである。

歩いている人も、何だかみんなお金持ちに見える。

初めて銀座に行ったときなど、栄子はぽかんとした。

中学生のときの野暮ったいセーラー服を着ているのは自分だけ。同年代の娘たちはひらひらしたフリルのブラウスや花柄のワンピースに踵《かかと》のある靴を履いていた。あんな服、もし栄子が地元で着たら、その日のうちに町内で噂《うわさ》になるだろう。

東京はすごいとこだべ。

最初の手紙にはそう綴《つづ》った。

車や服だけではない。田舎では雑誌の中にしかない煌《きら》びやかなものが、東京ではすぐ目の前にある。

例えば、帝都ホテルのステーキ。ロシア人のオペラ歌手のために作ったというステーキ。肉を玉葱《たまねぎ》で漬け込み、柔らかくして焼くという。

そのオペラ歌手の名から、シャリピアンステーキと名付けられたステーキの写真を見たとき、栄子は雑誌によだれを垂らした。ソースの代わりに玉葱をたっぷり載せたステーキは、いかにも都会のご馳走という輝きを放っていた。

東京に行けばこんなものが食べられるのか。さすが大都会はすごいと、つくづく感心したものだ。

よし——。

それなら、東京へ出よう。行けば、きっと何とかなる。オリンピックを控えてどこも人手不足だというから、すぐに雇ってもらえるだろう。金の卵なのだ、歓迎してもらえるに違いない。そう信じて上京を決めた。

子どもの頃から、栄子は能天気だと言われてきた。両親が歳の離れた弟に掛かりきりで、割と放任されて育ってきたせいかもしれない。すり傷や打ち身程度なら、自分で舐《な》めて治してきた。

「身の丈を知らないと、痛い目を見るから」

一緒に集団就職した同級生の中には、そんな賢《さか》しらな口を利く者もいた。けれど、身の丈が何だ。夢を見ても罰が当たるわけでもなし。好きにさせてよ、と栄子は思う。

努力は決して裏切らない。

一所懸命にやっていれば、どこかで誰かが見ていてくれる。

栄子は憧れの帝都ホテルに働き口を得た。住まいは女子学生用の下宿。母の遠縁を頼り、北向きの四畳半を世話してもらった。台所とトイレ共同で電話もなし。賄《まかな》いがまずくて不人気なのが幸いし、一部屋空いていたところへ入れた。

このまま頑張ればいい。大切なのは信じること。金の卵は孵《ふ》化《か》してこそ意味がある。いつかきっと料理人になって、ほらね、夢は叶うでしょうと、同級生に言ってやりたい。

裏口からこっそり厨房《ちゅうぼう》を覗きつつ、そんなことを考えていたら、後ろ頭を小突かれた。

「何してる」

振り返ると、若手料理人の前川《まえかわ》さんが怖い顔をしている。その途端、栄子は現実に引き戻された。

夢を抱いて上京したのが二年前。田舎にいた頃は遠い先と思っていた東京オリンピックも、いよいよ今年の十月に開催される。もっとも、東京にいたところでオリンピックが遠い話であることに変わりはない。栄子は前川さんに睨《にら》まれ、肩をすぼめた。

「掃除は終わったのかよ」

「はい」

「だったら、次は洗い物だろ」

前川さんは奥へ行き、どっさり汚れ物を運んできた。小柄な栄子には抱えきれないほどの量である。どれも油やソースの染みがつき、汗もにおっている。

洗い物といっても、鍋釜だけではない。

厨房で働く三十数名の料理人たちすべての、白衣と帽子を洗うのも、栄子の仕事だった。後は掃除とゴミ捨て。厨房の床は掃除機で塵《ちり》を吸った後、水拭きとから拭きをして仕上げる。大変な力仕事だが手は抜けない。少しでも塵が残っていると、大目玉を食らう。

「おい」

前川さんはいつもドスの利いた声で栄子を呼ぶ。

言いつけられる仕事は手に余るものばかりで、次から次へときりがない。賄いも下働きの栄子は食べさせてもらえず、昼食にはおにぎりを持参している。

毎朝五時起きで下宿の暗い台所へ下りていき、一合の米を炊く。それに梅干しを入れて、塩をつけた手でぎゅっと握る。海苔を巻けるのは給料日の直後くらいで、やり繰りが厳しいときはただの塩にぎりになる。

本当はパンのほうが好きなのだが、米は田舎から送ってもらえるから、毎日おにぎりだ。それをハンカチに包み、学生より早く下宿を出る。ホテルまでは急ぎ足で歩いて三十分。路面電車に乗ったほうが早いのだけれど、運賃が惜しいから乗らない。節約できて、体力もつくから一石二鳥だ。

料理人は力仕事である。女だからと甘えていられない。

認めてもらうために、人の倍、いや三倍は頑張らないと。休憩も惜しみ、栄子はひたすら働いていた。お昼もわずかな隙を見つけ、おにぎりを水で流し込む。

手には、年中あかぎれができている。

安い軟膏《なんこう》でごまかしてはいるものの、汗を搔《か》くと、じくじく痛む。下働きとはいえ、食べ物商売だから、絆創膏《ばんそうこう》を貼れるのは夜寝るときだけ。だから、いつまで経っても治らない。

いつか――。

わたしも料理人になれるだろうか。

ときおり栄子は不安になる。

毎日必死に働いているけれど、仕事はいつまでも鍋釜洗いと掃除、洗濯。料理人の修業が厳しいことは予想していたけれど、まだ見習いにもなれていない。栄子はあくまで料理人の使い走りをする下働き。どれだけこき使われてもいい。小突かれてもかまわない。いつか、自分も料理人になれるなら。でも。

大丈夫かな、と思う。

この先に料理人への道が続いているのか、ふと疑ってしまいそうになるときがある。田舎の父が今の栄子を見たら、「ほらな」と言うだろう。

やっぱり女じゃ駄目なんだ。

上京するとき、父に念を押された。料理人は男の仕事。いくら東京に行っても無駄。女は分相応にお茶汲みでもしていればいいんだと。ずっと諭されてきた。

馬鹿な夢を見るもんじゃない。

子どもの頃から、ずっと言われ続けてきた。

実家は小さな洋食屋を営んでいる。

料理人は父で、母はお運びと皿洗い。栄子は物心つく前から父の作る洋食を食べて育った。醬油《しょうゆ》よりケチャップ、うどんよりスパゲッティ。栄子が小柄ながらむっちりと肉づきがいいのは、肉とバターで育ったからだ。

朝食もトースト。バターの上にイチゴジャムをのせて食べる。子どもの頃に亡くなった祖父は、温めた牛乳にパンをひたして食べていた。

栄子はバターの味がわかる。

学校の給食ではマーガリンだが、全然違う。安食堂だが、父はバターを使っていた。他の食材は切り詰めても、バターはケチらないのがこだわり。客商売の家だから暮らし向きは楽なときも厳しいときもあったが、食膳は常に豊かだった。

そういう育てられ方をしたからこそ、栄子は料理人になりたいのである。

おいしいものは、それだけで人を幸せにすると知っているから。

まさか反対されるとは思わなかったが、栄子は譲らなかった。

自分は金の卵。父の頃とは時代が違う。東京なら、栄子の夢を応援してくれる人もいるだろう。

そう信じて家出同然に上京してきたものの、東京でも同じだった。栄子は、男の料理人に冷たくあしらわれている。下働きをさせてもらえるだけ、ありがたく思えという。二言目は「女のくせに」。料理人になりたいと言ったら笑われた。

絶対に休まない、と栄子は決めている。

一度休めば、きっと癖になる。だから休まない。

集団就職した仲間のうちには、もう田舎へ帰った者もいるらしい。

上京三年目。平日に休みも取れず、朝から晩まで仕事で、仲間ともすっかり疎遠になってしまった。愚痴を言う相手もいないから、不安なときも一人で悩むだけ。落ち込んだとき、栄子は自分に言い聞かせていた。

これも修業のうち——。

本当に女が駄目なら、とうにクビを切られているはずだと。

見込みがあるから置いてくれているのだ。金の卵だもの。女の料理人がいてもおもしろいと思って、この帝都ホテルのレストランでは下働きをさせてくれているのだ。たぶん。少なくとも栄子はそう信じている。

大丈夫。

いつかきっと、孵化する日が来る。

一人前になって、あの雑誌の誌面を飾るのだ。シャリピアンステーキが載っていた雑誌。あれに、白衣を着て、にっこり微笑む自分が載っているところを想像する。

ここまで来るのに、さぞや苦労があったでしょう、と雑誌記者は訊く。女の栄子がどうやって男の世界でのし上がったか、読者にぜひ伝えてほしい。

栄子は言う。

(修業を苦労だと感じたことはありません。皆さんに助けられて、わたしは料理人になったのです。自分ひとりの力ではありません。周りの人々のおかげです。自分ひとりでは、

到底ここまで来られませんでした）

ご謙遜を。料理人の修業はつらいと、よく噂《うわさ》を耳にしますよ。

（つらいものですか。むしろ楽しいです。大好きなことをしているのですから）

なるほど。『好きこそものの上手なれ』ですね。

（おっしゃる通り。修業のつらさはスパイスと同じ。少々辛くても、なくてはならないものなのですよ）

さすが、料理人！　うまいことをおっしゃる。

――気がつくと、栄子は一人でにやにやしていた。

「何、笑ってるんだよ、気持ち悪い奴だな」

前川さんに叱られ、栄子は顔を赤くした。

雑誌のインタビューを受ける妄想をしていたとは、とても言えない。そんなことを話せば、白い目で睨まれるに決まっている。

前川さんは、いかにも東京の人という感じだ。背はすらりと高く痩身で、女の栄子より色白。お仕着せの白衣を着ているのに、なぜか他の人より垢抜《あかぬ》けて見える。それもそのはず、実家は有名なレストランをしているとかで、今は修業期間なのだという。

つるりと整った顔や、さらさらした髪は確かに育ちがよさそうである。栄子と違っていいハンドクリームを使っているのか、手指もきれいだ。如才なく、先輩方にも好かれている。名の知れた高校を出ているというから、頭もいいのだろう。が、人目のないところでは態度を変える。

歳は三十で独り者。

立派なレストランの跡取りだけに、お嫁さんになりたい人は多いだろう。羨ましいような身の上だ。栄子なら、毎日笑って暮らすに違いないのに、どうしていつも不機嫌なのだろう。何が不服で、栄子に嫌がらせをするのか謎である。

「お前、いつまでここにいるの」

これが前川さんのおきまりの台詞。二人きりになると、いつもこれを言われる。

要するに、まだ辞めないのかと言いたいらしい。

栄子は嫌味にかまわず洗い物に精を出した。いちいち相手をしていたら、仕事が片付かない。下働きも忙しいのだ。

ホテルは二十四時間営業だが、レストランは夜十時に閉まる。

先輩の料理人たちは上から順に帰っていく。最後に残るのは、下働きの栄子と膨大な鍋。重ねると天井まで届きそうなほどだ。

帝都ホテルには二十名を超す料理人がいる。彼らが使う鍋の数は相当なもの。朝から晩までずっと立ち通しで、洗い物をしても追いつかない。ぼんやりしていると足りなくなるから、足を棒にしてひたすら洗う。閉店時刻を過ぎても洗い物は残っている。お客さまが帰った後も、黙々と鍋を洗い続ける。

誰も手伝ってくれない。料理人は夜も遅いが、朝も早いのだ。最後に残るのは栄子。そのおかげで、一日の終わりにはお楽しみがある。下働きも捨てたものではない。

「さて、と」

料理人たちが引き上げると、栄子は腕まくりをする。これからが修業の本番。

一人になるのを待っていたのは、人目も気にせず、鍋の底に残ったソースを味見するため。先輩方がいる間にそんな真似はできないから、これは夜、みんなが帰った後のお楽しみだった。

最後にとっておいたのは、ビーフカレーの鍋。

前からずっとこれを味見してみたかったのだ。栄子は舌なめずりをして、レードルでカレーを掬《すく》った。人気の料理だから、鍋はほぼ空だった。レードルで掬えたのは、わずかに一口分だけ。

まずは色をじっくり眺め、目で味わう。次に匂いを嗅ぎ、ひと舐《な》めする。

「うーっ」

おいし過ぎてジタバタしてしまう。

人気なのも納得。生まれてこのかた、これほどおいしいカレーを栄子は食べたことがない。

辛味がいいのだ。疲れた体がしゃきっとする。冷えていても、濃厚な味わいはそのまま。玉葱のまろやかな甘みの後から、ぴりりとしたスパイスの辛さが追いかけてくる。

どうやって、この味を出すのだろう。辛さのほかに深みがある。柑橘《かんきつ》系の香りもするような。

しっかり舌に焼きつけたつもりでも、所詮一口。おいしさの秘密を追いかけているうちに、美味は喉の奥へ消えてしまう。本当はひと皿しっかり食べたいところだが、下働きの給料ではとてもホテルのレストランになど行けない。この味に少しでも近づくには、鍋洗いのときを狙って残り物を味見するのが唯一の方法である。

それにしても、どうしてこんなに後を引くのだろう。

体中が次の一口を欲している。さすが日本で初めてカレーを供したホテルのレストランだけはある。値段も一流なら、味も一流。栄子の知っているものとは、生まれ育ちからして違う。

実家の洋食屋でもカレーは人気メニューで、子ども心に東京でも通用すると信じていた。まったく困ったものである。

栄子は鍋に向かって両手を合わせ、お辞儀した。

「ご馳走さまでした」

体がぽかぽかして、元気が出てきた。おかげで今夜もぐっすり寝られそうだ。

カレーの鍋を丁寧に洗ってしまった後、ゴミをまとめて捨てに出た。

厨房から外へ出ると、不思議と空が明るかった。月が出ている。栄子はゴミ袋を両手に提げ、目を細めた。

「いい月」

そういえば今晩は十五夜だった。実家では、母が月見団子を作っているだろう。洋食屋のくせにそんなことをして、と父はいつも文句を言っていた。

ひとりごちると、のんびりした相槌が返ってきた。

「そうだな」

振り向くと、暗がりに白衣に白帽の男いた。

栄子と同じように月を眺めている。

「副料理長！」

誰かと思えば、高崎《たかさき》副料理長だった。

上村《うえむら》料理長が最も信頼する補佐役として、現場で指揮をとる方である。ナンバーツーでも栄子にとっては雲の上の存在で、口を利くのは初めてだった。

「遅くまでご苦労だね」

「……手際が悪いもんで」

「しっかりやってくれているじゃないか。布巾を煮洗いしているのも君だろう」

「すみません。勝手な真似をして」

重曹を入れた鍋で布巾を煮出すと、嫌なにおいが取れるのである。実家にいた頃、よく母もやっていた。

「頭を下げることはない。気働きに感謝しているんだよ」

日頃は遠目に眺めている副料理長から、ねぎらいの言葉をかけられ、栄子は硬直した。自分のような下働き風情が声を返したら失礼なのではないか、でもやっぱり黙っているのも失礼だろうと、考えるうちに焦ってしまう。

「名前は？」

「えっ……」

「一昨年くらいから、うちで働いてくれているだろう。違うかい」

「は、はい。でも、あの」

「何だい」

高崎副料理長は優しい目をしていた。

歳は、おそらく実家の父と同じくらいで五十半ば。四十代の上村料理長より、さらに十歳ほど年上だ。背丈は低く、ぽこりと下腹が出ている。見た目も声も優しそうで、怖いところはないのに、口が渇いてなかなか声が出てこない。

「……いいんでしょうか」

「うん？」

「わたしのような下働きが、副料理長さんに口を利いてもいいんですか」

やっとの思いで声を絞り出すと、高崎副料理長はきょとんとした。

「もちろん」

「本当ですか」

「当たり前じゃないか。どうして、そんなふうに気を回すんだね」

高崎副料理長は首を傾《かし》げた。

前川さんに言われたから――。

お前のような下っ端が口を利くのは図々しい。下働きは黙って俺たち料理人の言うことを聞いていればいい。常々そう言われている。

だから、栄子は前川さんに話しかけられるときも、返事をしていいものかどうか悩むのだ。下手なことを言えば、どやしつけられる。

けれど、高崎副料理長は違った。

下働きの栄子と同じ月を眺め、名を訊ねてくれた。しかも、一昨年から栄子が厨房にいることを知っていた。まさか副料理長が、自分のような者の存在に気づいているとは、ゆめゆめ思わなかった。

「鍋洗いは大変だろう。栄子くんのように小柄だと、夜には腕が上がらなくなりそうだ」

「おかげさまで、もう慣れました」

栄子は恐縮して身をすくめた。

「鍋洗いをさせていただくのは嬉しいんです。特権がありますから」

「ほう。どんな特権かね」

「えっと――」

言わなければよかった。

自分から言い出しておきながら、栄子は躊躇《ちゅうちょ》した。勝手に鍋の底をさらっていた、などと話していいものだろうか。もしかしたら、クビにされるかもしれない。それは困る。ここを追い出されたら、他に行く宛てなどないのだから。

逡巡《しゅんじゅん》していると、高崎副料理長が助け舟を出してくれた。

「わたしが見習いだった頃も、鍋洗いは人気だったよ。もう三十年以上も前のことだがね」

「そうなんですか」

「ああ。どうしてだと思う」

「……腕の力がつくからですかね」

上目遣いに言うと、高崎副料理長が眥《まなじり》を下げた。

「そう思うかい？」

「いえ、あの」

栄子はへどもどして口ごもった。

「鍋の底に残ったソースを味見できるからだよ」

高崎副料理長は秘密を打ち明けるように、栄子に耳打ちした。

そうなんだ――。

自分だけではないのか。副料理長の話を聞いて肩の力が抜けた。

叱られると思ったのは杞憂だった。料理人の見習いは、みんな鍋の底のソースで勉強するのだ。下働きでなくても、見習いのうちは洗い物ばかり。料理の腕を磨くにはこっそり先輩の味を舐めさせてもらうのが一番なのだろう。

それにしても。

高崎副料理長と同じことをしていたとは。やっぱり、わたし見込みがあるのかもしれない。栄子は下宿までの帰り道、歩きながらニヤニヤした。

2

次の日、厨房は大騒ぎだった。

「これ読ませてやるよ」

出勤してきた前川さんが、もったいぶった口振りで話しかけてきた。

床の掃除を始めていた栄子は、無理やり手を止められた。前川さんが目の前に新聞を突き出し、さあ読めと迫るのである。

やむなく掃除機を脇によけ、新聞を受け取った。

ご丁寧に赤鉛筆で記事を囲ってある。

『代々木選手村、いよいよ開村！』

東京オリンピックでは、代々木選手村を本部に、八王子、相模湖、大磯、軽井沢の四ヵ所に分村として設置される。開村は九月十五日。大多数の選手は本部の代々木選手村に宿泊する。九千人近くの選手が同じ宿舎に泊まり、大会へ向かう。

新聞には、代々木選手村の食堂の写真が載っていた。日本オリンピック委員会は代々木の選手村の食堂を運営するのに四人の料理長を選んだ。

その一人が、我らが上村料理長である。小さく写真も載っている。

「すごいだろう」

栄子が内心で思っていることを、前川さんが言った。

「まだ四十三歳なのに、オリンピックの料理長だって」

四人の選手村食堂の料理長の中で、上村料理長が最年少なのだそうだ。実力を認められたのだ。

さすが上村料理長、と栄子は思った。まだ一度も話をしたことはないけれど、見るからにオーラが違う。いかにも天才という感じがして、正直なところ近寄りがたい。が、そういう方が束ねる厨房で働けるのは何と幸せなことか。同じ空気を吸えるだけでも誇らしい。

「俺もラッキーだよな」

前川さんが得意げに両腕を組んだ。

「ボスが料理長に選ばれたおかげで、俺も選手村食堂に行けるんだから」

「そうなんですか？」

栄子が言うと、前川さんは待っていました、とばかりに口の端を上げた。

「当然だろ。いくら料理長だって、一人で何もかもやれるわけじゃない。このホテルからも何人か手伝いに派遣されるはずだ」

「……」

「ま、お前は選ばれないけど」

そんなことはわかっている。

上村料理長が連れていくのは腕の立つ精鋭だろう。料理人どころか、見習いですらない栄子が役に立つはずもないことは百も承知している。

「ああ、今から腕が鳴るよ。こういうのを武者震いって言うんだな」

前川さんは顎をそびやかした。栄子が悔しがる顔が見たいのか、こちらの反応を窺《うかが》うような目つきをしている。

「もういいだろ」

栄子の手から新聞を奪い取ると、前川さんは鼻歌交じりに行ってしまった。

わかっている――。

自分の立場くらい。悔しがってもしょうがないのだ。

心の中で自分に言い聞かせた。前川さんは料理人で、栄子は下働き。そこには埋めようのない差がある。この厨房に雇ってもらうときも、はっきり釘《くぎ》を刺された。ここではこれまで女の料理人を採ったことがないと。それでもいい、下働きでも何でもするから置いてほしいと、栄子は頭を下げた。

帝都ホテルのシャリピアンステーキに憧れて、上京してきた。

学校には工員の職を世話してもらったが、すぐに辞めるつもりだった。東京に行けば道は自ずと開く。誰に笑われても、栄子は信じていた。なせばなる。努力できるなら大丈夫。自分のために、そう信じたい。

その日はいつもより客が多く、鍋洗いは夜半までかかった。新聞記事の宣伝効果だろう。栄子はいつもに増して寡黙《かもく》に働いた。忙しいのはありがたい。厨房は殺気立っていて、誰も栄子が落ち込んでいることに気づかないから。

ゴミ捨てをした後、帰ろうとしたら手提げの中に昼食のおにぎりが残っていた。食べるのを忘れていたのだ。捨てるのはもったいない。栄子は暗い厨房で立ったまま、かぶりついた。

「あれ」

頬《ほお》をふくらませて食べているところへ、人が入ってきた。

「ずいぶん遅くまでいるんだね」

高崎副料理長である。片手に何冊かノートを抱えている。

「す、すみません」

栄子はあわてておにぎりを飲み下した。

「喉につかえるから、ゆっくり食べなさい」

「手が遅いもんで。ご迷惑をおかけしております」

「そんなことはない。栄子くんが洗い物を一手に引き受けてくれるから、料理人たちは大いに助かっているよ。前の下働きは雑でね。やり直すこともあったから」

「はあ」

こういうときに、田舎育ちの地金が出る。前川さんのような如才ない言葉が出てこない。栄子はへどもどして顔を赤くするばかりだった。

「栄子くんのお家は何をなさっているんだい」

「あの、ええと。洋食屋です」

「やっぱり、そうか」

なるほど、というふうに高崎副料理長はうなずいた。

「きっとそうじゃないかと思っていてね。栄子くんは子どもの頃から、ご両親のつくるおいしい洋食を食べて育ったわけだ」

「とんでもない。うちは小さな洋食屋ですから。このレストランとは大違いです。メニューもオムライスやハンバーグがせいぜいで。本当にもう、どこの家でも作れるようなものしか出していないんです」

「家庭料理だね」

「そんないいもんじゃなくて。本当に田舎町の洋食屋です」

「長く続いているお店なのかい」

「確か、二十年とちょっと」

「老舗じゃないか」

「いえいえ、とんでもない。そんなんじゃないですから」

栄子は大汗を掻《か》いて言いつのった。

確かに洋食屋だが、高崎副料理長が想像しているような店ではない。薄汚れたガラスの棚に、安っぽい蠟《ろう》のナポリタンやグラタンが飾ってある店だ。オムライスはチキンライスを薄焼き卵でくるんだだけの代物で、ケチャップの瓶と一緒に出す。

東京の洋食屋のような、小綺麗できちんとした店ではない。海老フライにも、父は客に言われれば醬油をかけるのだ。

「人気メニューは何だい」

「カレーですかね」

問われるまま答えるうちに、栄子は小声になった。

「ふむ。カレーか」

「でも、このホテルとは違いますよ。うちのは牛肉ではなく豚肉です。あとはジャガイモと人参に玉葱。普通の家で、お母ちゃんが作るようなものですから」

言えば言うほど恥ずかしい。

この厨房で働き出してから、栄子は実家の洋食屋がいかにみすぼらしいか痛感するようになった。カレー一つ取っても、帝都ホテルで出しているものとは雲泥の差だ。客層も違う。実家の店に来てくれるのは同じ商店街の人たちだ。

味付けも全然うるさくない。ブルドックソースをかけただけのフライを「おいしい、おいしい」と食べる客と、帝都ホテルのレストランへ食事にくる客はまるで別物。父が店で使っていたバターも、こちらでは賄い用だ。

なのに、高崎副料理長は目を輝かせた。

「いいねえ」

「え？」

「まさに普通の家庭料理じゃないか。君はそれを毎日食べて育ったんだろう。わたしはそういう人を探していたんだ」

「ええ？」

上京して三年。急に道が開けた。

果たして、栄子は高崎副料理長の助手として、代々木の選手村へ派遣されることになったのである。

むろん、反対意見が出た。

「あり得ません。あいつはただの下働きです」

誰より憤っていたのは前川さんだ。自分が補欠だったのに、栄子が選ばれたのが癪《しゃく》に障《さわ》るのだろう。

とはいえ、副料理長の決定を覆せるはずもなく。栄子は晴れて助手として東京オリンピックの選手村へ赴《おもむ》いた。集団就職で上京して三年目の秋のことである。実家に手紙を書いたが返事はなかった。

代々木選手村は敷地約六十六万平方メートルなのだそうだ。数字だけ聞いても、栄子にはぴんとこないが、ともかく広い。

初めて訪れたとき、栄子はぽかんと口を開けた。何これ、と思ったのだ。東京のどこに、これだけ大きな土地が隠れていたのかと驚いた。どこまで行っても選手村の敷地で、栄子の地元の町がすっぽり入りそうだ。

そこに最大で八八六八人収容できる。そう聞くと、確かに「村」だと思う。それもそうだ。世界中からオリンピックに出る選手が集い、一つの宿泊施設に寝起きするのだから。れっきとした村である。

栄子たち一行は、開村の九月十五日の前々日に選手村に入った。

さっそく代々木選手村食堂での仕事が始まる。栄子は腕まくりをして張り切った。どんな仕事をやらせてもらえるのだろう。

高崎副料理長に命じられたのは試食だった。

「味見ですか」

栄子は拍子抜けした。助手と言うからには、もしや調理班の末端に加われるかと期待したのである。

「その通り。どんどん食べて感想を教えてくれ」

高崎副料理長はにこやかに言い、栄子に向かってうなずいた。

選手村の仕事に取りかかるのは、ホテルの営業時間が終わった後。鍋釜を洗う仕事は免除され、副料理長と一緒に車で選手村へ通った。そこでは試食係に徹する。上村料理長のレシピ通りに作られた料理を食べて、率直な感想を言うのが仕事。だから、試食するのはもっぱらエスニック料理。中近東や東南アジア、アフリカなどで食べられている民族料理である。

代々木選手村には、食堂が四つ造られた。

ヨーロッパの選手のための桜食堂、女子選手のための女子食堂、日本、アジア、中近東の選手のための富士食堂に、全体の食料供給をつかさどるサプライセンター。上村料理長は富士食堂を任されていた。試食係が必要なのはそのせいだ。

上村料理長はパリのリッツ・ホテルやミラノのリストランテで修業をしたことはあるが、エスニック料理の経験は浅いのだとか。そもそも日本ではまだ、そうした料理を出す店も少ない。上村料理長より年嵩《としかさ》の高崎副料理長も、大人になるまでエスニック料理を食べたことがなかったそうだ。

毎晩、栄子はシシカバブやクスクスを試食した。

初めのうちは面食らった。何しろ辛いのである。栄子は食べながら何度もむせた。子どもの頃からカレーライスが大好きで、三日続いても平気なたちなのに、水を飲みながら食べても、途中から汗と涙で大変なことになる。辛さがまるで違うのだ。

けれど、食べ終わるとすっきりした。汗をたっぷり掻くからだろう。体の内側から熱を発散するせいか、疲れがやわらぐ。なるほど、これがエスニック料理というものか。父さんに食べさせたら目を丸くするはずだ。

洋食といっても、オムライスやハンバーグばかりではない。カレーライスも栄子が知っているものとは大違い。タイで人気だという鶯《うぐいす》色や橙《だいだい》色のカレーを食べたときは、大袈裟《おおげさ》ではなく口から火が出るかと思った。

これがカレーかね——。

たまげたもんだと、栄子は感心した。こんなカレーは生まれて初めてだ。タイ人からすれば、日本のカレーも同じように不思議な味だと思うに違いない。それにしてもすごいのは、食べ慣れない味でも、すこぶるおいしいことだ。

栄子はいちいち感心しながら試食した。副料理長はそれを眺めて、ときおり帳面にメモを取るだけ。

「わたし、役に立っているんでしょうか」

ふと心配になった。栄子は食べているだけなのだ。これが助手の仕事なら、誰にでもつとまる。いや、料理人の先輩方こそふさわしいのではないか。舌が肥えているから的確な感想を言えるはず。

栄子の場合、ただ食べているだけである。毎晩、高崎副料理長の作ったものをいただけるのはありがたいけれど、何だか申し訳なくなってきた。助手というからには、ちゃんと仕事をしたい。これではただのお客さんだ。

そんなふうに悩み出したとき——。

「お前、いったい何のつもりだよ」

ある朝、ホテルの厨房に出勤すると、前川さんが栄子の顔を見てやって来た。

「何のつもりって」

「とぼけるなって。選手村食堂の手伝いの話だよ」

前川さんは両腕を組み、栄子を見下ろして凄んだ。

「あれのどこが手伝いなんだ。人に聞いたけど、副料理長に食べさせてもらっているだけだろ」

「試食しているんです」

「同じことだ」

栄子の言葉にかぶせるようにして、前川さんが声を高くした。

「そんなのは仕事じゃない」

自分でもそうではないかと内心疑っていただけに、栄子はぐっと返事に詰まった。

「辞退しろよ」

前川さんは眉間に皺《しわ》を寄せた。

「簡単なことだろうが。『できません』と言えばいいだけだ」

「でも」

「ホテルの下働きの仕事に支障が出ると言えば、副料理長も引き止めないさ。お前がそうやってオリンピックの仕事にかまけているから、俺たち料理人にもしわ寄せがきているんだ。そうなると、別の下働きを探さなければいけなくなる」

「それは困ります」

「だろう？」

栄子が言うのを待っていたように、前川さんが笑みを浮かべた。

こうなると思った――。

最初からそんな気がしていたのだ。

下働きの身でいきなり副料理長の助手がつとまるはずもない。オリンピックの手伝いはすごいことだけれど、所詮いっときのお祭り。終わってしまえば平常が戻ってくる。そのときに下働きの職を失うのはつらい。

「わかりました。助手は辞めます」

「よし」

こうして、栄子の助手生活は終わりを告げた。ひと月半で幸せな夢が絶えた。

高崎副料理長は引き止めなかった。

下働きの職を失うと困るから、と口実を言うまでもなかった。その場で認められた。

考えてみれば、試食させるなら、別に栄子でなくてもかまわないのだ。家族でも知り合いでもいい。やっぱり、前川さんの言う通りなのかもしれない。高崎副料理長は田舎から出てきて夜遅くまで働いている栄子を不憫《ふびん》に思い、試食係の名目で食事を与えてくれたのかもしれない。

きっと、そうだ。

夜中におにぎりを食べているところを見られたから。要するに、ねぎらいだ。高崎副料理長は外聞を憚《はばか》り、下働きの栄子に食事を恵んでくれたのだ。そう悟ると、自惚《うぬぼ》れていた気持ちがすっと冷えた。

梅雨も明け、夏本番。いよいよオリンピックが近づいてきた。

その頃になって、ようやく実家から手紙の返事が届いた。

『オリンピック選手村の食堂で働くって本当かね。そしたら、アベベのサインもらえるべ。もし駄目なら東洋の魔女でもええ』

父はマラソンが大好きなのである。

東洋の魔女と言っているのは母だろう。今さらこんな返事をもらっても、と栄子は親不孝の自分を恥じた。

3

九月に入ると、日本中がオリンピック一色になった。

帝都ホテルの厨房も繁忙を極めた。料理人の一部が代々木の選手村へ駆り出されているからだ。人が減っても補充があるわけではない。残った者は総出でホテルのレストランを守った。世の中はオリンピック特需で景気がよく、客は増える一方で、毎日が冗談のように忙しい。

そんな中、前川さんが代々木選手村の手伝いに駆り出されることになった。

もともと助手をする予定だった先輩料理人が、盲腸で倒れたのである。そのおかげで補欠だった前川さんが繰り上がった。そのついでに、栄子も駆り出されることになった。

ただし、上村料理長の「富士食堂」ではない。

横浜ニューオリエンタルの総料理長の江守茂《えもりしげる》が担当する、「女子食堂」に派遣される。

事情は前川さんと同じ。本来派遣されるはずだった人が、事情で駄目になったのだという。女子選手の宿泊所だったら、働くのも女のほうがよかろうと、ホテル側で配慮して栄子にお鉢が回ってきたのである。

前川さんはこの決定に憮然《ぶぜん》としていたが、表立って反対はしなかった。自分が選手村に行けることになった感激で、栄子に目くじらを立てるのが馬鹿らしいのだろう。それに先方が欲しがっているのは小回りの利く雑用係だ。料理人ではない。

「よかったじゃないか。頑張れよ」

浮かれた前川さんはそんなことを言い、背中を叩いた。

「アベベに会えるかな」

東京の者も、田舎の者も同じ。

自国でオリンピックが開催されるとなると、日頃すかしている前川さんもはしゃぐのだ。

そんなにうまくいかないだろう、と栄子は思った。代々木選手村は広い。アベベを拝めるのはよほど強運の持ち主だ。

オリンピックか――。

代々木選手村には、栄子と同年配の女子も大勢来る。

東洋の魔女もテレビの向こうの人だと思っていたが、「女子食堂」では姿を見られるかもしれない。田舎にいたら、まず無理だ。それだけでもラッキーだと思おう。

雑用係として、すごい世界の人たちのお世話ができるのだ。そこで知り合いになったら、オリンピックの後にレストランに来てくれるかもしれない。その縁で、いつか栄子も魔女の皆さんの食事を作れるようになるかも。

前川さんや父の浮かれぶりに呆れつつ、栄子もしっかりオリンピックの夢に酔っていた。とはいえ、それも無理もない。昭和三十九年は日本中が浮かれていたのである。

栄子は上京するときに持ってきたボストンバッグに、なるべくきれいな下着と着替えを詰めて代々木の選手村に入った。関係者用の裏口も立派で、何だか自分まで偉くなったような気がする。何度も洗って毛羽立った綿シャツに、膝の出たズボンで出入りするのが恥ずかしい。

あてがわれた二畳間へボストンバッグを置き、窓を開けて空気を入れ換えた。「村」と名がついても地元とは違う。宿舎はどこもかしこもぴかぴかで、真新しい木の匂いがする。栄子は青々とした畳を撫《な》でた。

すごいなあ――。

北向きの一階で、年中黴《かび》臭い下宿と比べると、夢のような部屋だった。トイレも水洗で、風呂まである。栄子の地元では、町内一の金持ちがようやく浄化槽をつけたところなのに。

けれど、オリンピックが終わったら、ここも用済みなのだろう。他に使い道がないなら、このまま住みつきたいくらいだ。栄子の月給では、こんな部屋にはとうてい手が届かないのだから。

でも、精進すればきっと——。

ちゃんとした部屋が持てる日が来る。栄子は自分に言い聞かせ、ふと窓の外に目を向けた。体操服を着た女の人が、赤ん坊をおぶって歩いている。

思わず、口がぽかんと開いた。オリンピック選手村に赤ん坊。まるで不釣り合いな光景である。

栄子の視線を感じたのか、赤ん坊が振り向いた。女の子だ。

赤ん坊は栄子を見て、口にくわえていた親指を外した。

「ふにゃ」

小さな掌《てのひら》を振り上げ、声を上げる。母親は気づかず、子守歌を口ずさみながら歩いている。

「あっ」

栄子は思わず叫び、あわてて口を押さえた。

ショートカットに意志の強そうな目。背丈はたぶん栄子と同じくらいで、百五十センチを少し出ているくらい。小柄ながら、均整のとれた体つきをしている。

「ローマの恋人、さん……」

赤ん坊をおぶっているのは、女子体操の高田恵子《たかだけいこ》選手だった。

十年前の世界体操選手権に出場し、平均台で女子体操界では日本初の金メダルを獲った。当時、ほんの子供だった栄子は覚えていないが、美しいジャンプとターンが大会の現地でも評判となり、「ローマの恋人」と呼ばれるようになった――。

高田選手は、運動に疎い栄子でも知っているスターである。テレビで見ても格好いいが、本物はさらにすごい。ただ歩いているだけなのに、全身がキラキラ光っているように見える。オリンピック開催まで日数があるが、大会前の合宿で選手村に来ているのだろう。

栄子はため息をつき、窓越しに目で追った。

そこへ背広姿のおじさんがあらわれた。高田選手を見つけ、早足になる。

「待ちなさい」

おじさんは横柄な口振りで、高田選手に声をかけた。

「その背中の子は何だ」

「何って、わたしの娘ですよ」

高田選手は硬い表情で応えた。

「そんなことはわかっておる。どうして、こんなところへ連れてきたと言っているんだ」

赤ん坊を指差し、おじさんは顔をしかめた。高田選手は憮然としている。

「お乳をあげたら、すぐに出ます。この子は近くの旅館に預けているんです。ご迷惑をおかけするつもりはありません」

「だったら、早くしなさい」

おじさんは追い立てるような手真似をした。

「こんなところを人に見られたら、わたしの顔がつぶれるじゃないか」

「すぐに出ますから」

立ち聞きをしているだけで、胃が痛くなってくる。

二人に気づかれないよう、栄子は窓の下に隠れた。おじさんは日本体操協会の偉い人なのだろう。だからスターの高田選手にこんな態度が取れるのだ。

「十五分後に練習開始だ。急ぎなさい」

「わかりました」

嫌なおじさん――。

窓の下で栄子は身もだえした。

あれが去年、高田選手が産んだ子か、と栄子は思った。新聞を取っていない栄子はオリンピック村で働くようになるまで、そのことを知らなかった。

まさか、選手村で赤ん坊を背負っているとは。オリンピックに出る選手が、人の手を借りながらも、自分で子守をしていることに栄子は驚いた。赤ん坊はこの近くの旅館か何かに預けているのか。練習をしながら授乳したり、お襁褓《むつ》を替えたりするのは、いかにも大変そうだ。

自分の子なら、母親ならば、やはり自分で面倒を見たいのだろうとは思う。でも。

大丈夫なのかな――。

ちら、と心配になった。

高田選手は女子体操の主将である。育児をしながら競技に出て、果たして勝てるのか。

金メダル候補の東洋の魔女たちは、オリンピックに備えて全員が盲腸を切ったのだとか。

そんな選手もいる中で、出産に踏み切るのは勇気がいる。結局は日本体操協会が折れたのだろうが、いまだ高田選手への風当たりはきついのかもしれない。

今回の大会で、日本女子は団体のメダル候補に挙げられている。飛び抜けて強いソ連とチェコスロバキアが金、銀だとして、その次が東西統一ドイツと日本と言われている。

チームの中で一番強いのは、やはり高田選手。日本が銅メダルを獲得できるかどうかは、高田選手の成績次第というところ。だから協会も怒ったのだろう。どうしてオリンピックが終わるまで、出産を待てなかったのかと。

高田選手は三十一歳。選手としては、年齢的にも後がない。

前回のオリンピックで、日本女子は団体四位だった。世界選手権で金メダルを獲った高田選手が率いるチームなら今度こそ、と日本中が期待している。

協会のお偉方が厳しいことを言うのも、立場上しょうがないのかもしれない。

足音が遠ざかるのを待ち、栄子はおそるおそる窓の外を覗《のぞ》いた。

もう高田選手の姿はなかった。何かお手伝いできることがあればと、栄子は思った。同じ女として少しでも高田選手の役に立ちたい。

それにしても。

オリンピック村はすごい。今さらながら栄子は感激した。あんな有名な選手を間近で見られるのかと、頭がぼうっとする。「ローマの恋人」に会ったと手紙に書いたら、両親は仰天するだろう。母は信じてくれるだろうが、父は疑うかもしれない。

(つまらん見栄を張るんじゃねえ)

ふん、と鼻を鳴らす姿が目に浮かぶ。

(何が「ローマの恋人」だ。ちょっと見たくらいで、自分まで偉くなったつもりか)

父は栄子が東京へ出たことを、いまだに許していない。

地元の工場で働かず、東京のホテルで下働きをしているのが生意気に映るのだろう。父は栄子が仕事の話をするのを嫌がる。前にも、お客さんの中にはテレビに出てくる俳優もいるのだと言っただけで叱られた。

(偉そうな口を利くな。いくら東京にいたって、お前は所詮、田舎者だべ)

娘を貶《おとし》めようというつもりでは、おそらくないのだと思う。父は心配しているのだ。まだ若く世間知らずの自分の娘が、東京で痛い目に遭うのではないかと。

今のところは大丈夫。

騙《だま》されたこともなければ、怖い思いもしていない。前川さんに意地悪をされているだけ。

そういうのは、どこに行ってもある。地元の工場で働いていても、似たようなことをされるかもしれない。中学校のときも、栄子はいっとき仲間はずれになった。意地悪な人はどこにでもいる。

次の朝、空が白々と明ける頃、栄子は目を覚ました。

今日から本格的に仕事が始まる。一番に食堂へ入って、やる気のあるところを見せよう。

栄子は布団を上げ、動きやすい格好に着替えて部屋を出た。

まだ皆寝ているようで、廊下はしんとしている。

栄子は足音を立てないよう、ひっそりと食堂へ急いだ。料理人が入る前に掃除を済ませておこう。調理の邪魔にならないように。

しんとした食堂の掃除をして、ゴミ袋を外へ出しにいくと、急ぎ足にやってきた人とすれ違った。

あ――。

高田選手だ。もう体操服を着ている。赤ん坊の世話をしに、旅館へ行ってきたのかもしれない。栄子の横を足早に通り過ぎ、高田選手は選手用の宿泊施設へ向かっていった。

「あの」

遠ざかる背中に向かって呼びかけたが、気づいてもらえなかった。

それはそうだ。自分の耳にやっと届くほどの、小さな声だったのだから。

もしよければ、お手伝いしましょうかと、栄子は申し出たかったのである。お乳をあげるのは無理でも、哺乳瓶を洗うことはできる。洗い物のついでに、お襁褓《むつ》を洗濯してやれる。

けれど、勇気が出なかった。自分のような雑用係が、オリンピック選手に声をかけては失礼だ。そう思い、ためらった。

違う。本当は、最初から声をかけるつもりなどなかった。

相手はオリンピック選手である。話しかけるなんてとんでもない。遠目から眺めるだけで精一杯だ。下手に口出しして、昨日のおじさんに睨まれるのも怖い。

昨夜、雑用係仲間に聞いて知ったのだが、高田選手には女の子が二人いるのだという。

背中に負ぶっていた赤ん坊――次女を出産したのは、昨年のこと。

翌年に東京オリンピックを控えている身で、子どもを産むとは何事かと、体操協会は激怒したそうだ。

けれど、高田選手は怯《ひる》まなかった。

（わたしは産みます。五輪でも勝ちます）

と、宣言したという。が、体操協会は信じなかった。産後の体で勝てるわけがない、体操か子どもか、どちらか選べと突き放した。それでも高田選手は産んだ。五輪への意欲を示すため、産後一週間で練習に復帰したという。

合宿にも、二人の娘をつれて参加しているそうだ。もっとも同じ屋根の下に寝泊まりしているわけではない。娘たちは近くの旅館に預け、お手伝いの人に世話をお願いしている。高田選手は練習の傍ら、搾乳して旅館に届け、お襁褓は川で洗濯するのだという。

いまどきそんな話があるのかと思う。栄子の育った田舎でも、大抵の家に洗濯機くらいはある。

今朝すれ違ったときも、川で洗濯をした帰りだったのかもしれない。誰よりも早く起きて母親をやり、オリンピック選手としても頑張る。すごい人だと思った。高田選手は宣言通り、勝ったのである。

約一ヵ月後——。

栄子は競技を選手村のテレビで見た。東京体育館は満員だった。観客席には巨人の長嶋選手と王選手がいるようだ。そんなすごい人が見ている中で競技をするのかと、自分まで緊張してきた。

日本女子は規定演技で出遅れ、四位だった。正直なところ、半分諦めムードも漂っていた。

高田選手は日本チームの最終演技者である。逆転するしか勝ち目がない。

少しでもミスしたら負け。

栄子は掃除の手を休め、テレビ画面に釘付《くぎづ》けとなった。

心臓がドキドキとうるさいから、掌《てのひら》でぎゅっと押さえる。決めてほしい。でも、無理かもしれない。期待と恐れで、競技を見るのが怖かった。栄子は息を詰めた。

テレビカメラが高田選手を大写しにする。いよいよだ。高田選手は胸に日の丸の入った、赤いレオタードを着ていた。緊張しているのかどうか、画面越しにはわからない。静かな面持ちで歩んでくる。

満員の観客が注目する中、演技が始まった。高田選手は助走なしで平均台に跳び乗ると、片足前方宙返りを決めた。一瞬の出来事だった。高田選手がぴたりと着地した途端、栄子の全身が熱くなった。体中で強烈な喜びを感じた。

「やった！」

栄子は高い声で叫び、飛び上がった。テレビからも観客の大歓声が聞こえる。同じようにテレビを観ていた職員と肩を叩き合い、喜びを分かち合った。高田選手の得点は九・七〇。チームの最高得点だった。日本団体女子の合計点は三七七・八九九。

その後、同じくメダル候補だった東西統一ドイツがミスをして、日本の銅メダルが確定した。チームのみんなが高田選手に抱きついた。観客席で長嶋選手と王選手も拍手を送っている。晴れがましい笑顔を見せる高田選手。赤いレオタードが眩《まぶ》しい。

すごい、すごい、と栄子は思った。

去年出産したばかりの身で勝負を決め、チームを銅メダルに導いた。協会にも叱られ、苦労しただろうに。何という強さだろう。心も体も常人とはかけ離れている。そう思ったら、急に涙が出てきた。高田選手の赤いレオタードがにじむ。観客席の声援に応えて手を振る姿が、胸の日の丸が、涙でぼやけて見えない。

テレビの画面が切り替わった後も、栄子はしばらくぼんやりした。高田選手の強烈なパワーに当てられ、体から力が抜けてしまったようだ。

のろのろと床掃除をしながら考える。

この敗北感はどこからくるのか。何をされたわけでもないのに。高田選手は勝ったのに。ハンデを撥《は》ねのけ、見事期待に応えてみせた姿に感動したはずなのに、なぜこれほど落ち込んでいるのだろう。

床を雑巾で拭きつつ、頭には高田選手のことばかり。悶々《もんもん》と手を動かし、額に浮いた汗をぬぐう。が、汚れた雑巾を洗いにいこうと、ふと腰を上げたとき気づいた。

そうか。

自分は高田選手のいる側の人間ではないのだ。

すれ違うほどの距離にいたとしても、違う。栄子は裏方。たぶん一生、華やかな表舞台に立つことはない。あんなふうに大歓声を受ける日はたぶん来ない。自分でも、それに気づきショックを受けたのだ。

今の今まで、目の前には明るい未来が開けていると思っていた。

自分は金の卵。努力すれば何者にもなれる。そう信じていたのに、それは幻想なのだと、栄子は彼我の差で悟ったのだ。

やがて、食堂に料理人が集まりだした。

雑用係の栄子は邪魔にならないよう、そっと掃除道具を抱え、その場を離れた。以降、宿舎で高田選手とすれ違っても、目で追わないようにしていた。

どこにいても高田選手は目立っていた。

女子食堂ではいつも若い選手に囲まれていた。ローマの恋人と呼ばれてから十年も経つのにいまだ現役で、しかもメダルまで獲った。体操協会に楯突《たてつ》くことができるのも、本人にそれだけの力があるからだ。

栄子は何も考えずに済むよう、仕事に集中した。選手が練習へ出かけた後に各部屋を回り、洗濯物を集め、宿舎を清める。世界中から集まったオリンピック選手の群れの近くにいて、栄子はひたすら黙々と働いた。

4

高崎副料理長と顔を合わせたのは、オリンピックも終盤になってからのことだった。

「やあ」

山ほどの洗濯物に埋もれているところへ声をかけられた。

「相変わらず熱心だね。これだけの量を洗濯するのは大変だろう。頑張っていると、横浜ニューオリエンタルの江守さんからも聞いたよ」

「……ありがとうございます」

栄子は頭を下げた。汗で額に張りついた前髪を、急いで指で撫《な》でつける。

何も大変なことはない。機械がやっているのだから。

宿舎には大型の洗濯機が何台もあり、雑用係も使うことを許されていた。干すのは多少手間がかかるが、晴れの日は昼間のうちにぱりっと乾いてしまう。掃除するのも機械。冷蔵庫も外国製で驚くほど大きく、肉や魚がおいしいまま冷凍できるという。

無心に働くのが性に合っているのか、毎日が充実している。体をよく動かすからか、夜もぐっすり眠れる。レストランと違い、ここには嫌みを言う人もいない。

「おかげさまで、楽しく働かせていただいてます」

「そうか。それはよかった」

「はい」

「こちらも栄子くんにお礼を言いたくてね」

「わたしに、ですか？」

「おかげさまで、富士食堂の評判がいいんだ。わたしまで上村料理長のお褒めに与《あず》かった。ありがとう。これも栄子くんに試食してもらったおかげだな」

「とんでもない。贅沢《ぜいたく》させていただいて」

栄子は肩をすぼめ、また頭を下げた。

お礼を言うのは自分のほうだ。本当にいい経験をさせてもらった。

香辛料の利いたシシカバブに、不思議な食感のクスクス。めずらしい色のカレー。魚や貝をふんだんに使ったサラダに、甘辛いタレをつけて食べる生春巻き。

あんな機会がなければ、とても栄子の口になど入らない高級料理ばかり。どれもこれも、目が覚めるようにおいしかった。身の丈に余る光栄だと思う。東京に来て良かった。でも。

本当に自分は物知らずだと、今さらながら思った。栄子は何も知らなかった。世界にこんな料理があることも、香辛料の名前も。おいしい、の他に気の利いた感想も言えない。

ひたすら汗を掻き、嬉しがって食べるだけ。馬鹿みたいだ。

帝都ホテルのレストランで働いていても、所詮料理人と下働きは違う。たぶん見えているものが違うのだ。生まれ持った才能か、育ってきた環境による違いなのか。何にせよ、とうてい追いつけない差がある。

栄子には、高田選手のような真似はできない。

一流とは、ああいう人たちのことを言うのだと、身近に接して悟った。栄子とは別世界の人。自分なりに努力しているつもりだったが、比べものにもならない。

その一方、栄子には今の境遇が心地よかった。雑用係が性に合っているのだと思う。朝から晩まで独楽鼠《こまねずみ》のように走り回り、洗濯や掃除をして。「ありがとう」と感謝されるのが嬉しい。こういう暮らしも悪くないと、このところ栄子は思うようになっていた。

一心不乱に働いているときなど、おかしいくらい充実を感じるのだ。ささやかながら自分にも居場所がある。達成感とはこういうことかと、しみじみ思う。一流の料理人になりたいと憧れて胸を焦がしているより、ずっと自分らしいと感じる。結局のところ、それが栄子の器なのだと思う。

上村料理長のようになりたかった。それが無理なら、せめて高崎副料理長のように。

でも、無理だった。

深夜、レストランで手を真っ赤にして鍋釜を洗い、こっそり残ったカレーを味見していた自分がいじらしい。

朝から晩まで働いて、先輩料理人に小突かれても耐えて。いつか夢は叶うと信じていた。つらくなかったのではない。平気な振りをしたのだ。何でもないと自分を騙し、つらさを感じないようにしていたのだ。よく頑張ったと、あの頃の自分を慰めてやりたい。

高崎副料理長に、助手にならないかと声をかけられたときは、天にも昇る気持ちになった。これで道が開くと、甘い期待を抱いていた。

あの日の感激が、今となっては昔話のようだ。

毎晩エスニック料理を食べていたのに、どうして目が覚めなかったのか。栄子はぼんやりしている自分に呆れた。

あのぴりっとした辛さは、今もよく覚えている。

アジアの選手があれを食べているのか。汗を掻いた後に食べたら、さぞおいしいだろう。上村料理長の評判がいいのも当然だ。

富士食堂は、千人が同時に食事をとれる広さなのだという。バイキング形式で料理を用意し、選手は好きなものを食べられる。五輪選手だけに食欲も並ではなく、一日に常人の三倍の量を平らげるのだそうだ。

スープだけでも、ポタージュにコンソメ、トムヤンクン。スパイスだって何種類も使う。食欲旺盛な選手たちに飽きられないよう、毎食数多くの料理を出し、日々変化をつけている。おかげで富士食堂の食事は常に売り切れ。選手たちも大いに満足しているらしい。

「少しでもお役に立てて、よかったです」

栄子は愛想笑いをつくった。

頬が硬いのが自分でもわかる。自分のつとめているホテルの料理長が成功を収めたのに無邪気に喜べないのは、羨ましいからだろう。活躍ぶりが眩しくて、何だか切ない。裏方の暮らしが自分には合っているとわかっていても、やはり胸がうずく。手の届かなかった夢が、すぐ目の前にあるのはきつい。

上村料理長も、高田選手と同じく表舞台の人だ。その補佐をつとめ、いずれ次の料理長になると目されている高崎副料理長も、そちら側の人なのだと思う。

今になり、一緒に集団上京した同級生の言葉が耳によみがえる。上京三年目にして、栄子はようやく己の身の丈を知った。自分は雑用係がせいぜい。キラキラした人たちの陰で、地味に生きていくしかないのだ。

「贅沢は、たまにするからいいものでね」

ふと高崎副料理長が言った。

「どんなに一流のレストランでも、毎日通っていては飽きてしまう」

「はあ」

「うちのレストランだと、賄いでもそれなりのものを出すだろう」

確かに、料理人は毎日おいしそうなものを食べていた。

「だけどね、あれもホテルのレストランの味付けだ。毎日食べる料理とは違う」

そんなものだろうか。

栄子が黙っていると、高崎副料理長は続けた。

「オリンピックの選手に必要なのは、毎日の食事だ。運動選手は自分の体をつくり、維持するために食べる。要するに家庭料理だよ」

「はあ」

「だから、栄子くんに味見を頼んだ。日に三度、飽きずに食べられる料理となると、さすがの上村料理長も少々不安になられたようでね。味見をしてもらって助かったと、おっしゃっていた」

「そうですか」

「本当だよ」

栄子の顔つきが冴《さ》えないのか、高崎副料理長は励ますように言った。

「上村料理長は感謝しておられた。何しろ栄子くんはオリンピックの選手と同年代で、洋食屋の娘さんで舌も確かだからね」

栄子を見て、高崎副料理長は目尻に皺《しわ》を寄せた。

「ありがとう」

雲の上のような人に礼を言われ、顔が熱くなった。

高崎副料理長は優しい顔をしていた。上村料理長が褒めてくれたというのは、おそらく作り話だろう。オリンピック村の食堂の料理長ともあろう方が、下働き風情の舌に頼るはずもない。高崎副料理長はいい人なのだ。こういう上司のもとで働けたのは幸せだ。

胸に熱いものが上がってきて、栄子はあわてた。泣くような場面ではないのに、うっかり涙がこぼれそうだ。

「最後まで踏ん張ります」

早口に言い、頭を下げた。

「頼むよ」

「はいっ」

「それはよかった。前川くんのように途中で辞められると、わたしも困るからね」

「え？」

初耳だった。

前川さんは選手村で仕事を始めて早々、上村料理長とぶつかったのだという。

レストランとは違い、大勢の料理人で作業を分担して進めていくやり方に、うまくなじまなかったらしい。

上村料理長は、富士食堂で供する数千人規模の料理を用意するために、これまでの常識を覆し、新しい方法を考えたのだそうだ。オリンピックのために、料理の作り方から変えた。

普通、料理人は最初からおしまいまで自分ひとりで料理をする。

それだけ味にこだわりを持つのが、一流レストランの料理人だ。が、オリンピック選手村でそんなことをしていては、数千人分の料理を供することはできない。

富士食堂では、料理を全員で作る。

熟練の料理人も含め、全員が分担して料理する。パンを切る係、ソースを混ぜる係、バターを塗る係。大量の料理を短時間で作るには、そうやって作業を分担して進めるのが早いと上村料理長は知っていたのである。

プライドの高い前川さんは、そのやり方に反発した。こんなのはまともな料理じゃないと怒って飛び出し、それきりあらわれなくなった。ホテルのレストランも辞めた。実家に戻り、さんざん上村料理長の悪口を言っているらしいと、高崎副料理長から聞いた。

「そうなんですか」

栄子が目を丸くすると、高崎副料理長は苦笑した。

「ま、わたしの人選ミスだな。彼は何でもスマートにやりたがって、汗を掻くのを嫌うから。上村料理長にも叱られたよ」

それも初耳だった。前川さんは期待の星だと思っていたのである。その人を差し置いて、どうして自分が試食係に選ばれたのだろうと不思議だった。

へえ――。

意外な話を聞いたものだ。そのときは、そう思った。

けれど、洗濯物を干しているときに気づいた。

高崎副料理長の言葉は本音だったのかもしれない。

栄子はいつも大汗を掻いて鍋を洗っていたから、試食役に抜擢《ばってき》されたのだ。オリンピック選手と同様に若く、一日中体を動かしているところに高崎副料理長は目をつけたのだ。だから、前川さんではなかった。汗をたくさん掻いた後に、おいしいと感じる料理を作るには、栄子に試食をさせたほうがいい。

小学校の遠足のとき、母は水筒に塩の入った麦茶を入れて、栄子に持たせた。

（汗をいっぺえ掻くからね）

いつもはそのまま飲む麦茶に塩を入れるなんて、と当時は不思議だったが、今はわかる。汗を掻くと、人は塩分を求めるのだ。

開会式の前夜、栄子は宿舎の近くの公衆電話から、実家へかけた。ひとまず財布の中にあった十円玉を全部入れておく。

「おや。あんた栄子？」

相変わらずなまっている母の声を聞いたら、何だか鼻の奥がむずむずした。

「うん」

「どうしたね。代々木の選手村さ、いるんじゃないかね」

「そうだけど」

声がくぐもって話しにくい。栄子は鼻をぬぐった。泣いていることを母には気づかれたくない。

「明日は閉会式だねえ」

母はのんびり言った。受話器越しに、ジャーッとフライパンで炒め物をしている音がする。父がオムライスをつくっているのだろう。細かく切った具とご飯をバターで炒めているのが目に浮かぶ。音を聞いているうちに、ケチャップの甘酸っぱい匂いを思い出して、お腹が鳴った。

「わたし、帰るわ」

「帰るって、どこに」

「家」

「家？」

「お母ちゃんとお父ちゃんの顔も見てえし」

しばらくの間、母は黙っていた。

「そうかね」

「うん」

「帰ってくるかね」

「んだべ。帰《けえ》るわ」

返事した途端、お腹が鳴った。その音が聞こえたのか、母が笑った。

栄子も笑い返し、電話を切った。受話器を置くと、十円玉が二枚戻ってきた。

生ぬるい夜風が顔を撫でた。

見上げた空には、星がまばらに光っている。

明日はきっと晴れだ。

父と母は店を閉めた後、二人揃って座布団を並べ白黒テレビの前に座る。日本でオリンピックが開催されるなんて、戦争中は信じられなかったと言いながら、閉会式を見る。その輪に加わりたかった。家の賄いを一緒に食べながら、両親とテレビで観戦してもよかったのだと栄子は思った。

東京に来たおかげでエスニック料理も食べることができたが、好きなのはもっと普通のものだった。田舎の洋食屋で育った栄子には、ブルドックソースやケチャップが舌になじんでいる。ちょっと端が焦げているハンバーグや、スプーンを水でぬらしてから食べるカレー。栄子の知っている洋食はそういうものだ。

ずっと、そんな自分を恥じてきた。

けれど今、猛烈に食べたいのは父の洋食だった。野暮ったくて、ちっとも洗練されていない、あの味が恋しい。

もう一度——。

頼んでみよう。店を継がせてほしいと。腹を割って父に頼んでみよう。

女には無理だとは、やっぱり今も思えないのだ。体力ではかなわなくても、根性ならいい勝負ができるはず。威張り屋の前川さんは逃げ出したが、栄子は選手村で重宝されている。副料理長にも褒められた。

普通の洋食屋でいい。

もう一つの台所みたいな、毎日通いたくなるような洋食を作ればいい。つまり父の味だ。誰にでもできそうでいて、家のご飯よりちょっと手の込んだ洋食。栄子がずっと食べてきたものを、そのまま引き継ごう。

「よし」

そうと決めたら、力が湧いてきた。

何だ。こんな簡単なことだったのだ。けれど、上京しなかったら、ずっと気づかなかったかもしれない。

わたし、帰る。金の卵、孵《かえ》る。なんちゃって——。

栄子は自分の駄洒落に噴き出し、駆け出した。

第四話

鉄仮面ウーマン

1964東京オリンピックの競泳競技は国立代々木競技場の第一体育館で行われた。設計は、「世界のタンゲ」と呼ばれた日本人建築家の丹下健三氏によるもの。吊り橋と同様の技術を使った、吊り構造の天井が特徴的。

1

今になって見合い話を持ってくるなんて、どういう魂胆だろう。

マツ子は、叔母のよく動く口をじろじろと見た。

「素敵でしょう」

叔母は自分の手柄だと言わんばかりに、目を細めた。

「滝本雄一郎《たきもとゆういちろう》さん。写真もハンサムだけど、実物はもっといいらしいの」

「へえ」

「歳は四十二。とてもそうは見えないでしょう」

「見えますよ」

写真の男は、確かに整った面立ちをしていた。が、若くは見えない。髪も半白で口の脇に皺《しわ》が寄っている。

「あんた、年下が好みなの」

「別に」

「なら、いいじゃない。年齢相応で十分でしょうに」

叔母は鼻を鳴らした。贅沢《ぜいたく》なことを言える立場かと、こちらを見る目が語っている。三十六の女には、男の容姿に文句をつける権利などない。歳の釣り合う相手を探すだけで苦労なのだと言いたいのだろう。

そんなことなら、放っておいてくれればいいのに。どうせまた断られるだけだ。マツ子は見合いを敬遠していた。この歳になるまで十回以上もしくじってきたのだ、ハンサムな見合い相手の写真を見せられれば警戒もする。

きっと何か裏があるのだろう。マツ子が写真から顔を上げると、叔母は作り笑いをした。

「初婚じゃないのよ」

「でしょうね」

「子どもさんもいるの。女の子と男の子」

「一姫二太郎だわね」

マツ子が話を合わせると、叔母がすかさず飛びついてきた。

「そうなのよ。育てやすくていいんじゃない？」

「他人の子でしょ」

「結婚すれば自分の子になりますよ」

叔母は自分で持ってきた煎餅をつまみ、機嫌をとるような声で言った。父は新聞を広げ、我関せずの態である。

「ねえ」

と、叔母が水を向けても知らん顔。マツ子の見合い話になると、父はいつもこうだった。行き遅れの娘を哀れんでいるのだろう。叔母が釣書を手にやって来ると、いささか不機嫌な様子になる。

「お見合いなんてしている暇がないの。これでも忙しいんだから」

マツ子が言うと、叔母は鼻を鳴らした。

「忙しいっていったって、事務員じゃないの」

「事務員も忙しいのよ」

「はいはい。そうでしょうとも。あんたは偉いからね」

半ば笑いながら、叔母はマツ子の言葉を受け流した。

またか――。

いつもこうなるとわかっているのに、つい口答えをしてしまう。マツ子は自分の迂闊《うかつ》さにうんざりした。

事務員なのは本当なのだから、むきになることはないのだ。

忙しいのも本当のこと。別に見栄を張っているわけではない。

マツ子は精密機器の服田《はった》時計店につとめており、今年の十月に開かれる東京オリンピックのために設けられた特別班の一員に任命されている。叔母の言う通り事務員だが、勤続十六年目ともなると、責任のある仕事も任されるようになる。特別班で、マツ子は庶務の他に数字のチェックを任されていた。

皆がノートに書き込んだ実験数字の正誤を確かめるのが、マツ子の役目。重要な任務だ。腰かけのＯＬにはつとまるまい。「マツ子さんなら間違いないから」と、名指しで頼まれ、責任を持って仕事をしているのだ。腰かけと一緒にされては困る。

「自分がオリンピックに出るわけでもないのに」

叔母はしつこかった。

「いい加減、男と張り合うのは止めなさいよ。あんたもいい歳なんだから。縁談が来るだけでも御の字です」

小学生の頃、マツ子は級友から「先生」と呼ばれていた。

六年間ずっと学級委員をつとめたからだ。肩までの髪を後ろで結わえ、白いブラウスに紺色のスカートを穿《は》いたマツ子は、見た目通りの優等生だった。無遅刻無欠勤で忘れ物をせず、授業に遅れがちな級友の復習の手助けもした。

クラスで一人だけ眼鏡をかけ、背丈もあるマツ子は、見た目も先生らしかった。

あだ名に応えようと成績もずっと一番で通し、中学卒業後は公立高校へ進んだ。経済的な理由で四年制大学は諦めたが、難関と言われる短大へ入り、そこでも優等生をつらぬき学校推薦を得て、服田時計店に入った。

つとめ先は銀座四丁目。月島の自宅から路面電車で通っている。服田時計店と言えば、明治時代より銀座の一等地に店を構える老舗だ。四丁目の交差点で時計台を頂く社屋は、今も昔も銀座の名物である。

その孫請けをしている父は、「あれは鳶鷹《とびたか》だから」と周りに話していた。鷹の娘を産んだ母は早くに亡くなっており、マツ子は鍵っ子だった。学校から帰ると米を研ぎ、父と二人分の食事をつくった。

炊事も洗濯もマツ子の役目である。

中学校に入って給食がなくなると、自分でつくった弁当を持参した。出汁をきかせた卵焼きと焼き鮭をつめ、彩りにシシトウを添えた質素なおかずに、ゴマ塩をふったご飯。父にも同じ弁当を持たせた。子どもの頃から、マツ子は一家の主婦だった。

世話をする相手が夫ではなく、六十歳の父親というだけだ。

叔母に言われるまでもなく、マツ子も親不孝なのは承知しているが、何度やっても見合い相手に振られるのだからしょうがない。

えらの張った輪郭《りんかく》が勝ち気そうに思われるのか、それとも父譲りの胴長が冴《さ》えないのか。自分では十人並みの姿かたちと思っているのに、マツ子の見合いはさっぱりだった。もっと笑うようにすればいいのかもしれないと自分でも思うのだが、真顔が地顔で、うまく笑顔が作れない。はじめの数回は傷ついたが、十回を超えた辺りからどうでもよくなった。

優秀で家事能力も高いが、男にはもてない。それがマツ子の泣き所だった。だから、おかしいと言うのだ。職場で「鉄仮面」とあだ名をつけられているような女に見合い話を持ってきたところで、断られるに決まっている。実際、ここ数年は話もさっぱり来なくなっていたのだ。

「考えてみなさいよ、いい人なんだから」

「いい人が、わたしなんか相手にしてくれるわけがないでしょう」

「また、あんた。そんな拗《す》ねたことを言って」

叔母は笑いながら、マツ子の肩をぶった。

「飾れば見られるようになるわよ。元はそう悪くないんだから。まあ、とにかく話は進めておくわ。今度の日曜に新しい服でも買ったら」

「無駄遣いはしません」

「ワンピースがいいんじゃない、明るい色の。いつもみたいな鼠《ねずみ》色は止しなさいね」

マツ子は顔をしかめた。

そんな若作り——。

この歳でワンピースなど着たら、人が笑う。マツ子は地味好みだ。着るのは黒か灰色か、せいぜい茶色。前は紺も好きだったが、どうも最近似合わなくなってきた。よそゆきなど、買ったところで通勤に着ていけるわけでもなし。見合いだからと、張り切って服を新調するつもりはなかった。

つまらない意地だと自分でも思うが、見た目には劣等感がある。

同級生に「先生」と呼ばれるのは老け顔だからと、子ども心にも承知していた。下手に着飾れば無理が出る。叔母の顔を立てるつもりで会うだけだと、マツ子は通勤用の灰色のブレザーに膝下丈のスカートで見合いに臨んだ。

果たして、雄一郎は遅刻してきた。

和光の上のレストランへ約束の十一時を過ぎてもあらわれず、マツ子は不機嫌になった。付き添いの父は無表情に煙草を吸っている。付下《つけさ》げを着てきた叔母はヤキモキと辺りを窺《うかが》い、しきりに水を飲んでは、立ったり座ったりした。

三十分ほど経ってから、ようやく雄一郎があらわれた。

急いできたふうもなく、大股で悠々と歩いてくる。叔母は立ち上がり、男を手招きした。

「やあ、すみません」

マツ子がむっとしているのも気にせず、男はにこやかに席へついた。こちらも通勤服で間に合わせたとおぼしき鼠色の背広姿である。平気で見合いに遅刻してくるのには呆れるが、写真よりいい男だった。

優男がいい具合に歳を取り、脂臭さが抜けた感じで背も高い。髪もある。話してみると、人柄もよさそうだった。妻は七年前に病気で亡くなり、一男一女がいる。上が女の子で小学六年生、下の男の子は小学校三年生。今日は出がけに子どもが腹痛を起こし、遅れたのだという。買い置きの薬を飲ませたら落ち着いたから、出てこられたのだとか。

叔母は眉をひそめ、雄一郎の苦労をねぎらった。

「それは大変ですわねえ」

が、雄一郎は叔母の同情を一蹴した。

「楽しいですよ」

朗らかな声で言い、いきなり子ども自慢を始めた。二人揃って出来がよく、親孝行なのだそうだ。

「あいつらがいなかったら、僕は会社なんて行きません。まあ、いたら余計に行きたくないですけどね」

男のくせに何を言い出すのかと、マツ子は絶句した。

「家にいたら、いくらでもすることがありますからね。炊事やら、洗濯やら」

「はあ」

叔母も目を丸くしている。この人は、母親代わりだからといって、仕事より家庭を選ぶのだろうか。

「食べ盛りですから。休みの日は一日中おさんどん、やってます」

それには同意。マツ子は真顔でうなずいた。

仕事の話は別にして、仕事と家庭の両立の苦労は知っている。

「三合ですよ」

雄一郎は掌《てのひら》を大きく広げてみせた。

「一日じゃなくて、一食に三合です。子どもの食欲はすごいから」

つい米代の心配をしてしまった。

マツ子の家では、土鍋で米を炊いている。父と二人、お弁当の分も入れて一日二合。ときおり持て余し、翌日に回すこともある。

この人が料理をするのだろうか。

炊事やら、洗濯やら、と言うからには、出来合いの総菜ですましているわけでもなさそうだ。それにしても、いったいどんなものを作るのかと、マツ子は好奇心を抱いた。

雄一郎がエプロンをつけ、台所に立っているところを想像してみる。

が、どうにもしっくり来なくて困った。背が高いから、まず流しの高さが合わない。包丁を使うにも腰を屈《かが》めないと駄目だろう。買い物も自分でしているのか。背広を着ている男が、かごを提げているところなど見たことがない。

変わった人――。

それが雄一郎の印象だった。

「うちのマツ子は料理も得意なんですよ」

マツ子が黙っているのに気を揉《も》んだのか、叔母が愛想のいい声で割り込んだ。

「ハンバーグも上手に作れるわよねえ?」

はいと言いなさいと、目で訴えてくる。

「さあ」

無愛想に応じると、叔母は鼻の穴をふくらました。が、見栄を張っても、しょうがないだろう。

実際、下手ではないが、上手でもない。

それ以前に、作る機会がなかった。ハンバーグは子どもの食べもの。何度か作ってみたことはあるが、父と二人の食卓にはどうもそぐわず、今では、まず食卓に載せようと思わなくなった。

マツ子の代わりに、雄一郎が叔母に返事をした。

「うちの子どもらは、マルシンのハンバーグが好きなんです」

「フライパンで焼くだけのあれですか」

「そうです。あれが一番おいしいと言って、喜びますわ」

「でも、あれはハンバーグといっても、鯨や豚も入ってるでしょう。マツ子は本物のハンバーグを作れますよ」

叔母が精一杯マツ子を持ち上げても、雄一郎は意に介さなかった。

「それでも、うちの子どもはマルシンなんです」

なるほど。

両立できるはずだと、マツ子は思った。

マルシンのハンバーグなら、店で見かけたことがある。袋から出して、フライパンに油も引かずに焼けるというものだ。マツ子は、父にそんなものを食べさせたことがない。毎晩、一汁二菜を手作りしている。

この男は駄目だと、マツ子は結論づけた。

手抜き料理を子どもに食べさせるくらいだ、仕事も適当なのに違いない。最初から、きっぱり断っておけばよかった。

小一時間ばかり話した後、見合いは終わった。

マツ子は帰りの電車で、一言も口を利かなかった。時間の無駄。だから見合いなんて嫌なのだ。愛想笑いをして疲れるだけ。

「まあでも、ちゃんとしたところの会社員だから」

叔母は往生際の悪いことを言っていたが、マツ子は返事をしなかった。

いくら行き遅れでも選ぶ権利くらいはある。性格の合わない男と一緒になれば、毎日いらいらさせられるだろう。やはり結婚には縁がないのだと、少々さみしい気もしたが、相手がいないのだからしょうがない。

幸い、安定した仕事がある。

真面目に働いてきたおかげで、三十六まで会社に置いてもらえている。服田時計店は明治から続く老舗だから、寿退職し損なった事務員を雇い続ける余裕があるのだろう。周りの目は痛いが、辞めればたちまち路頭に迷うのだから、面の皮を厚くしてつとめ続けるしかない。

もしこのまま定年までいかれるなら、父と二人でやっていける。事務員の給料は安いが、持ち家だから何とかなる。父が亡くなった後も、大事に手を入れていけばいい。所詮、自分ひとりなのだ、雨風がしのげれば十分だと、このときマツ子は思っていた。

けれどそれは、あくまで平穏無事なときに描く将来図だった。

その日の晩、父が倒れたのである。

2

救急車で病院へ運ぶと、そのまま入院となった。

父は脳卒中だった。医師の診立てによると、命に別状はなく、ひと月ほどで退院できるという。

病院から赤電話で呼び出すと、叔母はタクシーで飛んできた。付下げは脱いで普段着だったが、髪は和装に合わせて結ったままだった。濃い化粧もそのままである。

「よかったわねえ」

ひとまず死ぬ心配がないことに、叔母は安堵《あんど》したようだった。マツ子もほっと胸をなで下ろし、近くに親類のいることのありがたみを感じた。入院中、叔母は仕事をしているマツ子の代わりに、病院へ着替えを届けてくれるという。

ひと月後、父は退院した。

病院からタクシーに乗り、マツ子は自宅の住所を告げた。日頃はしない贅沢《ぜいたく》だが、病人を同伴しているのだから仕方がない。父はシートに寄りかかり、目をつぶっている。マツ子は背筋を正した姿勢で前を睨《にら》みながら、さてこの先どうしたものかと考えていた。

命に別条はなかったが、父は左半身に麻痺《まひ》が残った。

伝い歩きはできるが、すぐによろける。トイレはどうにか一人で行けるが、風呂は介助なしに入れなくなった。退院したのはいいものの、まだ病院通いは続く。元の暮らしに戻れるよう、歩く訓練をしなければならない。一生懸命頑張っても、前と同じように歩けるまでにはかなりの日数がかかるという。

これまでの仕事と家庭の両立に、介護が加わったわけである。

平日の病院通いは、叔母が行ってくれるという。が、叔母にも家族がいる。血の繋《つな》がった兄のためとはいえ、あまり面倒をかけるわけにいかない。通院を除いた世話はマツ子ひとりで背負うことになった。会社には黙っていた。ただでさえオリンピックで繁忙な時期である。私事で仕事仲間を煩《わずら》わせるのは気が進まなかった。

昼間は涼しい顔で仕事し、会社を出ると急ぎ足で家に帰った。残業をしなければ、夕方のニュースに間に合う。父はいつもテレビの前にいた。六畳の居間に座椅子を置き、じっと傾いだ姿勢でいる。

銀座四丁目から月島までは路面電車で十五分くらい。

「すぐ夕飯作るから」

マツ子が言うと、父は顎《あご》をわずかに引く。

「ああ」

帰ると、まず鞄を四畳半の自室へ置く。上着だけ脱いで割烹着を首からかぶり、すぐ米を研ぎにかかる。病身の父がお腹を空かせていると思うと、それだけで気が急いた。

台所にいても、父がどうしているか気にかかる。咳払《せきばら》いや鼻を啜《すす》る音がすればともかく、ニュースの音しか聞こえないと、まさか倒れていやしないかと心配になる。マツ子は夕飯の支度をしながら、たびたび父の様子を確かめに居間へ行った。

ぼんやりした目でテレビを眺めている父を見ると、大丈夫かしら、と思う。

こんなに年寄りだったかな――。

背を丸めて座椅子に寄りかかる父は、ひどく老けて見えた。伴侶に先立たれ、生きていても張りがないのか。それとも娘がいつまでも孫を見せてやらないせいか。病気で倒れるには早過ぎるとも思う。還暦を迎えたといっても、同じ歳で元気にしている人は大勢いるだろう。母に続き、父まで喪《うしな》うのは怖い。

「何だ」

父はマツ子の視線をうるさがった。

「冷や奴と生姜焼きでいい？」

「かまわん」

倒れてから、父は晩酌を止めた。甘いものや煎餅は食べないから、空腹のはずだ。以前は簡単なおつまみとお酒で間を持たせ、父が飲んでいるのを横目に夕飯を作っていたが、今はテレビがその代わりである。あまり待たせると機嫌が悪くなるから、この頃は手早く作れるものを出すようにしている。

マツ子は米をさっと研いで土鍋にしかけ、生姜を下ろした。フライパンを出して油を引き、肉屋で買ってきた豚肉を広げる。

フライパンが温まる間には、ネギをみじん切りにして、鍋に水を張っていた。

「おい」

じゅうじゅう言い出したフライパンを揺すり、肉をひっくり返す。そうしているうちに、隣の土鍋が湯気を噴き出してくる。

「はい」

火を小さくしながら、おざなりに返事をした。喉でも渇いたのだろうか。それとも風呂を入れろと言うのか。いずれにせよ、火を使っていて手が離せない。マツ子は醤油《しょうゆ》とみりんに砂糖を混ぜ合わせ、フライパンに注ぎ入れた。

「おい」

急いだせいか油が撥《は》ね、手にかかった。思わず舌打ちをしたところへ、また父に呼ばれた。何なの。少しくらい待ってよ。胸のうちでぼやきながら、居間へ仏頂面を突き出した。

父は顎をしゃくり、テレビを示した。

「これ、お前のつとめ先だろ」

「え？」

テレビにはプールの映像が流れていた。しかつめらしい面持ちの中年男が、ゴール付近でストップウォッチを手にしている。

「そうね。うちの会社だわ」

菜箸を手に、しばしテレビに見入った。

クロールで泳いできた水泳選手がゴールするのと同時に、中年男がストップウォッチを止める。記録を読み上げると、画面が切り替わって電光掲示板が大映しになった。中年男が読み上げた記録と同じ数字が表示されている。

東京オリンピックでは、水泳競技で服田時計店の電子式自動審判装置の「タッチ板」を使用する。それまで人力に頼っていた記録の計測を機械が行う。結果も、その場で会場の大型電光掲示板に表示されるのだ。

何年もかけて研究し、開発したものだが、古い人にはいまだに抵抗があるようだ。本当に機械で計れるのか。プールは常に波打っている。ゴールに触れたのが水か人の手か、どうやって区別するのだ。やはり人の目が一番ではないのか。

テレビでは、タッチ板が本当に正確なタイムを計れるか、実験で試そうというのだろう。疑われているようで、社員からすると失礼な話だが、テレビを観た人が納得するならかまわない。どうせなら今回のオリンピックでタッチ板が導入されるまで、どれだけテストを繰り返したか、それも併せて映してもらいたいところだけれど。

世界初、それもスイス製でなく日本製の機械が使われるとあって、世間では服田時計店の技術が注目を集めていた。タッチ板の他にもスタジアムに掲げる大時計も採用されたのだ。オリンピックを機に、服田時計店の名は外国にも知れ渡るだろう。

当然ながら実験は成功だった。テレビは、円い文字盤に囲まれた「ＨＡＴＴＡ」の文字をアップにして、しばらく映していた。

毎日目にしているマークだが、テレビで観ると新鮮だった。

誇らしい気持ちが半分、申し訳ない気持ちが半分。

マツ子は、まさにタッチ板の研究班の末席にいる。班のメンバーは今日も残業だ。オリンピック開催まであと三ヵ月。失敗の許されない大舞台なだけに、会社を挙げて班を応援している。

本当はマツ子も一緒に残って仕事をするはずだった。けれど、父の世話があって断った。その分、明日はいつもより早く出勤する予定だが、それでも申し訳ない。マツ子はみんなに頭を下げて謝り、近所の中華屋へ夜食の注文だけして、定時に会社を出てきたのである。

「すごいもんだな」

父は感心した顔でつぶやいた。

マツ子は聞こえない振りをして、台所へ引き返した。生姜焼きは、端が焦げて黒くなっていた。黙ってそれを皿に移し、掌《てのひら》の上で豆腐を切り、ネギを散らした。できたものから食卓へ運び、お膳立てをする。

「あ」

その段になって気づいた。ご飯は炊けたが、味噌汁の鍋はまだ水だ。自分の手落ちにむっとして台所へ戻る。

天井を向いて息を吐き、テレビで見た「ＨＡＴＴＡ」の文字を思い浮かべた。天井が煤《すす》けているのは見ない振りをして、毎日通っている立派な社屋を想像してみる。

銀座の一等地にそびえる巨大な時計塔。あの雄姿を思い浮かべると、体の内側がほんのり温まる。自分はあの会社の一員なのだ。家事でくたびれている場合ではない。しっかりしなさいと、マツ子は自分を鼓舞した。

明日——。

一時間、早起きして出社しよう。今日残業できなかった分を取り戻さなくては。マツ子は鍋に昆布を放り込み、火をつけた。

何とかなる。

なせばなる。何事も。

わたしなら、きっとやれる。

ずっと、そう言い聞かせてきた。努力すれば結果は必ずついてくる。期末試験も受験も、その一念で乗り切ってきた。

小学生のときに死んだ母は、マツ子を努力家だと言っていた。強い子ね、とも。

(胸を張って生きなさい。お前なら何だって乗り切れる)

長い入院から戻ってきた母は、枕もとでマツ子に笑いかけた。

学校から帰宅したら、家が変に静かだったのを覚えている。母は六畳の居間を寝室にして布団を敷き、一日をほとんど寝て過ごしていた。病人に風が当たるといけないからと、障子窓を開けることもなくなった。

母が退院したら、また家が賑やかになると思っていたのに、全然違った。

痩せて顔が一回り小さくなった母は、生きているのに半分消えかかって見えた。人より白かった肌は黒ずみ、唇は皮が剝《む》けていた。本当に息をしているのか。すぐ目の前にいても、どこかへ去りかけているように思えた。

子ども心にも、じきに母は死んでしまうのだとわかった。

自分がいなくなっても、元気にやりなさいと母は言っているのだ。これは最後の励ましだ。生きている母からの遺言だ。

母が死んだときも、マツ子は泣かなかった。

泣くのは弱虫の証拠。母は、そんな姿を見たくないだろうと思った。母は、強い娘が誇りなのだ。娘が優等生なのを自慢にしていることを、マツ子は知っていた。

自分なら乗り切れる。

母もそう言ったのだから。強い子は泣かない。母がいなくても胸を張って生きる。マツ子は自分に繰り返し言い聞かせ、涙が出そうなときには、奥歯をぐっと嚙《か》んで堪《こら》えた。そのうち、どうやって泣けばいいのかわからなくなった。

翌朝、目覚ましが鳴る前にマツ子は起きた。

顔を洗い、昨夜のうちに水につけておいた米を火にかけた。

眠い目をこすって卵を焼き、鮭を焼いて弁当箱に詰めているうちに、窓の外で蝉が鳴き出す。今日も暑くなりそうだ。汗の目立たない白の開襟シャツに、サマーウールのスカートを合わせ、鏡台の前に座ると、ため息をついた。

寝不足で目の下に隈《くま》が出ている。

父のことは言えない。

化粧前のマツ子の顔はひどく老けており、とても見られたものではなかった。自社製の壁かけ時計を横目で眺めつつ、ファンデーションを塗り、眉を描く。どうせ駅まで歩くうちに汗で落ちてしまうのだが、素顔で家を出る勇気はない。

疲れは顔だけでなく、体にも出た。

路面電車で吊革につかまっていたら、強い眠気に襲われた。窓から差し込む朝日がまぶしく、立っているのが億劫《おっくう》になる。マツ子は目を閉じ、頭の中で仕事の段取りを考えた。

まずは課内全員の机を水拭きして、お湯を沸かす。

記録の点検の前に、マツ子には庶務としての仕事がある。急須にお茶を入れ、全員の湯飲みを出す。

そういえば、お茶が切れていた。

買っておくよう新人の子に頼んでおいたが、忘れているかもしれない。

あの子はいい加減だから。

おまけに常識も欠けている。来客用のお菓子を買いにいかせたときも、妙な駄菓子を買ってきたくらいだ。お茶のことなど、けろりと忘れているに違いない。

電車を降りて、早足に歩いて会社へ着くと、マツ子は制服に着替えるより先に、大股で給湯室へ向かった。

「やっぱり」

茶筒の中は空だった。新人が買い忘れたのだ。そうだろうと予測してはいても、実際に目の当たりにすると腹が立つ。どうしてくれよう。マツ子は空の茶筒を手に考えた。叱るには、まず自分が模範的な態度を示さねばなるまい。そう思い、事務員用の制服に着替えた。始業前には支度を調《ととの》え、机についているのが当然だ。

そこへ新人があらわれた。

「おはようございまーす」

呑気な顔で出社してきたところをつかまえ、マツ子はこんこんと説教した。新人は朝から叱られ、泣き出した。

「どうしたんだね」

見かねて課長が間に割って入った。新人を庇《かば》うように脇に立つ。マツ子が事情を話しても、課長は味方にならなかった。お茶を買い忘れた程度で叱責するのは行き過ぎだと、マツ子のほうが悪者にされた。

納得いかなかったが、泣かれてはしょうがない。その場は引き下がったが、マツ子は心の中で新人にバツをつけた。

あの子には、絶対仕事は任せない。お茶の買い忘れだけではない。新人は派手な花柄のスカートを穿いてきた。流行りだか何だか知らないが、あんなものを着てくることに呆れる。勤務中は制服があるにしても、会社の行き帰りにどこで誰に見られるとも限らない。今の子は、そんなことにも思い至らないのだろうか。

マツ子は腕カバーをはめ、事務机に向かった。今日は忙しいのだ。あんな新人のために、時間を無駄にするのはもったいない。

残業できるのは週に一度。叔母が家に来てくれる水曜だけだ。

それが今日。叔母が父の通院に付き添い、買い物と夕飯の支度をしてくれることになっていた。おかげで班のみんなと一緒に遅くまで残れた。夕飯をとる間も惜しみ、マツ子は仕事に没頭した。上司や仲間は体によくないからと心配してくれたが、他の日には定時に帰るのだから、できる日に埋め合わせをしなくてはいけない。

とはいえ、開発はもう完了している。

残っている作業は、会社に出す報告書の清書のみ。これがマツ子の仕事。開発担当の社員がまとめたものをきれいに書き直すだけだが、技術が優れている者ほど悪筆なことも多く、達筆のマツ子は重宝されていた。

清書の段階で、書き間違いを見つけることもある。文法の誤りや、明らかな誤字に気づくこともある。

驚くほど精緻な機械を作ることはできても、国語ができるかどうかは別の話。開発担当の社員が出してくる下書きには誤字脱字が目立った。

それにしても、ちょっと多過ぎる気がする。このままではとても会社に出せない。弛《たる》んでいるわね——。

ゴールが見えてきて安心しているのかもしれない。テレビにまで取り上げられて、いい気になっているのだろう。

が、それでは駄目だ。

「家に着くまでが遠足」というのと同じで、報告書もきちんと仕上げて当然。タッチ板の仕事はオリンピックが閉幕するまで続くのだから、最後まで決して気を緩《ゆる》めてはいけないのである。

マツ子は報告書を清書しながら、開発担当者の下書きに朱を入れた。

「ここも間違っている」

どうして簡単な漢字も知らないのだろう。小学生のときにやるはずなのに。

「ほら、また」

もしや読み返していないのか。そうかもしれない。ちゃんと読み返せば、自分でもすぐに気づくような間違いなのだから。

「何なのかしら」

よくもまあ、こんなお粗末なものを出せたものだ。腹が立ち、思わず鉛筆の尻を嚙《か》む。

マツ子は次々と朱をつけた。国語はずっと得意科目だったのである。それにしても不思議なのは、この間違いだらけの下書きを書いているのが一流大学を出た、優秀な社員だということだ。

学生時代にはどうしていたのだろう。マツ子はテストのとき、必ず二度読み返しをした。一度では十分ではない。二度やって、ようやく安心して提出できるのである。

一流大学を出た者なら、それくらいの習慣は当然身につけているべきだろう。

こんなことなら、自分にも開発担当がつとまるのではないか。家にお金がなくて短大しか出ていないが、高校時代まで優等生で通した。成績なら男子にも負けなかった。自分なら、もっといい仕事ができるのではないか。庶務ではなく。

頭から湯気が出たせいか、マツ子は気が収まらなかった。その日の帰り、会社から駅まで歩くときも、かっかしていつも以上の早足になった。

吊革につかまったまま、ふと窓ガラスに目をやり、ぎょっとした。眉間に皺の寄った、ひどく怖い顔をしたおばさんが、こちらを睨んでいたのである。それが自分だと気づき、二度ぎょっとした。

駅を出て、暗い道をうつむいて歩いた。

路面電車に乗っているときまでは元気だったが、降りた途端、足が重くなった。

帰ったら父を風呂に入れねばならない。それを思うと憂鬱だった。

あれは重労働なのである。左半身に力が入らず、すぐに滑りそうになる父を抱きかかえ、格闘しているうちに、その後に自分が風呂へ入る気力は萎えている。

駄目、駄目——。

怠け癖をつけたらおしまい。一度楽を覚えると、そのまま坂道を転げ落ちてしまうから。学生時代、マツ子はテスト勉強で眠い目をこすりながら、頬《ほお》を叩いて自分に言い聞かせた。あと少し。これで十分と思ったら、もう一問余分に練習問題を解く。そうやって、マツ子は一番の成績を保ってきた。

オリンピック選手だって同じだと思う。

ほんの少し、気を緩めたら負け。一秒の百分の一の世界でしのぎを削るとは、そういうことだろう。タッチ板の研究班の末席に名を連ねるようになって以来、運動音痴のマツ子もオリンピック関係のニュースに注目している。

特に、女子水泳の田中聡子《たなかさとこ》選手。

新聞記事で田中選手のことを知り、ひそかに親近感を抱くようになった。比べるのもおこがましいが自分と似ている気がする。

八幡製鉄所属の田中選手は努力の人だ。

水泳選手として強いだけでなく、中学時代は成績もトップクラスだったという。

記事によると、「あいつは水泳だけ」と言われるのが悔しくて、勉強も頑張ったのだとか。

脚気に悩まされて記録が落ちたときも見事復活し、一九五九年には神宮のプールで、二百メートル背泳ぎで金メダルを獲った。このとき田中選手は世界記録を樹立している。

「お前ならできる」

子どもの頃から付き合いのある、八幡製鉄の水泳部コーチの黒佐年明は言い続けてきた。

マツ子が母に言われたのと同じ台詞。そのときから、田中選手の活躍を我がことのように応援するようになった。オリンピック選手とまではいかなくとも、自分も努力できる側の人間なのだと思いたかった。

脚気を克服し、世界記録を樹立した。それだけでもすごいが、田中選手はその後、また別の苦難を乗り越えている。

金メダルでオリンピック出場権を得たものの、次のローマ大会には二百メートル背泳ぎの種目がなかったのである。やむなく田中選手は百メートル背泳ぎでローマオリンピックに出場、銅メダルを獲得した。このとき高校三年生。十八歳の女の子が、それだけ頑張れたのだ。

今、田中選手は二十二歳。

東京オリンピックでは金メダルを期待されている。マツ子は事務員ながら、研究班の一員として、大会中は代々木のオリンピックプールに詰める。つまり、仕事を口実に生で大会を観戦できるのだ。

十月十日の開会式まで、あと二ヵ月。

その頃、我が家はどんな状況だろうか。父の体が元通りになることはないだろう。今より少しはよくなってくれるといいのだけれど。もし悪化したら、会社に隠してはいられなくなるだろう。

そうしたら、いったい——。

暗い予感に呑まれそうになり、マツ子は立ち止まった。

「駄目、駄目」

ひとりごち、大きくかぶりを振る。

自分を追い込む弱い気持ちは、ここで吐き出してしまおう。大丈夫。これからも、やっていける。不安などため息と同じ。吹き飛ばしてしまえばいい。

マツ子は歯の治療を受けるときのように大きく口を開け、上を向いた。

「あ、満月」

黒々とした空に丸い月が浮いている。道理で辺りが明るいはずだ。マツ子は口を閉じた。

そんなに下ばかり向いて歩いていたのかと、そのことに胸を突かれた。

月の周りには淡い暈《かさ》ができている。

月明かりはどこか淡く、頼りなかった。会社を出るときには鳴いていた蝉も、眠りについたのか、しいんとしている。

気を取り直して歩き出すと、角の八百屋で、背の高い男性が買い物をしているのが見えた。茄子《なす》とトマトを見繕い、店主を相手に軽口をきいている。

男性は、見合い相手の滝本雄一郎だった。

月明かりに照らされているせいか、前に会ったときより、幾分か若やいで映る。

お味噌汁にするのかしら――。

茄子は味噌汁用と思ったのだが、子どもが食べるなら炒めものでもいいかもしれない。ひき肉と合わせれば、食べ盛りのお腹もふくらむ。しかし、もう七時だ。今から家に帰って夕飯をつくり、子どもたちに食べさせ、風呂に入れてやっていたら、自分が寝るのは十二時を回りそうだ。

雄一郎は右手に鞄を提げ、左手に包んでもらった野菜の紙袋を抱えた。店主に挨拶をして夜道へ出てしばらく歩き、おや、というふうに首を上に向けた。

あの日ローマで眺めた月が（ソレ　トトントトネ）
今日は都の空照らす（ア　チョイトネ）

少し後ろを歩くマツ子のもとへ、雄一郎の鼻歌が聞こえてきた。満月に気をよくしているらしい。両手に荷物を抱えながら、楽しげに歌っている。

やあね――。

こんな公道で鼻歌なんて。人が聞いたら笑うじゃないの。マツ子は眉をしかめたが、つい口許がゆるんだ。陽気なばかりで、耳にうるさいと思っていた東京五輪音頭が、なぜかしみじみと胸に沁みる。

雄一郎の楽しげな姿を見ていると、自分もそうしていいような気になった。父のことも必ず悪くなると決まったわけではないと思えてくる。

心配し過ぎなのかもしれない。

入社してからこれまで、マツ子は有休をほとんど使わずにきた。たかが事務員だと侮られないよう、仕事も男の人以上に頑張ってきた。そうでなければ、タッチ板の班にも入れてもらえないはずだ。

一生懸命やってきたのだ、親の看病で病院へ付き添いするときくらい、休みをもらってもバチが当たるものか。そんなに気に病まなくてもいい。今まで以上に周りへ心を配り、熱心にやっていれば、すぐに会社から捨てられるようなことにはならないだろう。これまで滅私奉公で尽くしてきた実績があるのだから。

甘いのは承知で、マツ子はそんなふうに考えてみた。

今だけ。家に帰るまでの間だけ。

たまには、少し明るい気持ちになってもいいだろう。気持ちだけなら、誰に迷惑をかけるわけでもなし。月がこんなに明るいのだもの。雄一郎の姿が見えなくなった後も、マツ子はゆったりとした気持ちで帰った。

家に近づくと、玄関から人が飛び出してきた。

「マツ子ちゃん、大変」

隣家の奥さんだった。

こわばった顔で、マツ子の袖を摑《つか》む。そのまま引きずられるように風呂場へ連れていかれると、父が裸でぐったりしていた。夕飯のお裾分けにきた隣家の奥さんが見つけたのだ。声をかけても返事のないのを不審に思い、近所のよしみで中へ入ったら、父が風呂でおぼれかけていたのだという。

やがて救急車が来て、父は病院へ運ばれた。脳梗塞の二度目の発作ではなく、足をすべらせて転んだらしい。マツ子の帰りが待ちきれず、父は一人で風呂に入ったのである。

「お前に手間をかけさせるのが、どうもな」

処置が終わった後、父は病院のベッドでぽつりともらした。

風呂での転び方がまずかったのか、父は足首を骨折していた。すぐに手術となり、マツ子は翌日会社を休んだ。単純骨折で難しいものではなかったが、リハビリ期間も含め、またひと月ほど入院になるという。

さすがに会社に黙っているわけにいかず、マツ子は上司へ謝りにいった。

3

開会式の頃には、ようやく平常に戻った。

父は退院し、無事に家へ戻ってきた。脳梗塞を起こした後よりさらに老けたが、どうにか一人で歩くことはできる。マツ子は父のために、杖《つえ》と、紐なしの運動靴を買った。革靴は裏がつるつるして滑り、危ないのである。

風呂とトイレには手すりをつけた。週に一度、通院に付き合ってくれている叔母には、月々決まった金額を払い、家に来てもらう日を一日増やした。そうしないと心配で会社にも行けない。

定職があるおかげでどうにかなっているが、貯金に回せる分は減った。

それでも仕事をしていられるのはありがたい。タッチ板の仲間もマツ子を心配してくれ、有志で見舞いをくれた。上司も、週に一度は父の様子を訊く。マツ子は毎度、大丈夫だと答えた。詳しく話したところでどうにもならないし、叔母と違って父の世話を手伝ってくれるわけでもない。同情されるだけならまだしも、そんなに大変なら、仕事を辞めたらどうかと言われたら困る。

父を看ていくにはお金が要る。

家の風呂は古く、足腰の弱った父が入るには深過ぎる。造り替えてやりたいが、定期預金を崩してしまうのが怖かった。服田時計店はきちんとした会社だが、事務の給料は安いのである。

オリンピック効果で仕事は忙しく、残業代が入るから助かっているが、その分、寝るのが遅くなった。夜七時半に会社を飛び出し、八時過ぎに家へ着き、それから家事に取りかかる。夕飯の支度に風呂の介助、洗濯にアイロンかけ。家計簿つけに、翌日の弁当つくりの準備もある。

手早くやっているつもりだが、気づけば夜の十二時を回っている。肩こりがひどくなり、膏薬《こうやく》も手放せなくなった。

たまに仕事が早く終わり、明るいうちに帰宅した日に限って、叔母から電話がくる。また父が痩せたようだと言われると、不安になって眠りが浅くなる。悶々《もんもん》と寝返りを打ちながら朝を迎え、また会社へ行く。むくんだ顔にファンデーションを塗りつけ、口紅を塗っても、薄ら疲れが見える。

この頃、自分でも老けたと思う。

夏負けしてやつれたせいだろう。スカートが緩くなり、半袖のブラウスから出た腕も静脈が浮いている。一日の終わりにはぐったりとして、もうこれ以上頑張れないと弱気になるが、会社を休む勇気もない。

どうにか、騙《だま》し騙し頑張っているうちに、夏も終わった。

やかましく鳴いていた蟬が姿を消し、会社帰りには鈴虫の声がするようになった。いつの間に秋が来ていたのか。マツ子が老けようが、季節はおかまいなしに変わる。

いよいよ開会式だ。

テレビでもオリンピックのことばかりやっている。隣家ではカラーテレビを買ったようだが、マツ子の家は白黒のまま。父もさして関心がないのか、文句も言わない。

会社も忙しくなった。

お祭り前の騒ぎに似た活気で勢いづいている。マツ子もタッチ板の研究班の一員として、交代で代々木のプールに詰めることになった。そのせいで通勤時間が長くなり、眠る時間がさらに削られた。電車に乗っていると、ときおり寝落ちしてしまうこともある。それでも休まず、マツ子は毎日仕事に通った。

疲れは溜まっていたが、代々木のオリンピックプールに行くと気持ちが高揚した。建築家の丹下健三《たんげけんぞう》氏がデザインしたという、吊り屋根方式の建物は見るからにモダンだ。そこに仕事で通えるのが誇らしく、寝不足で目がしょぼしょぼしている日も、遠くから吊り屋根が見えてくると背筋が伸びた。

プールを見るだけで、こちらまで身が引き締まる。研究班の末席で庶務をしているだけの自分も、いっぱしの関係者のような気になれるのだから役得だ。

「すごいわねえ」

と、隣家の奥さんも褒めてくれる。

オリンピック効果は大きい。それまで服田時計店につとめていると言っても、関心の薄かった隣家の奥さんが、今やマツ子を尊敬するようになった。会社の関係者として代々木へ通っているだけで、何だかんだと話を聞き出そうとする。

「プールは大きいの？」

「それはもう。世界最大ですから」

代々木のオリンピックプールは日本が誇る大きな建造物だ。観客席に柱が一本もない独特な構造になっているという。どうやって屋根を支えているのかわからないが、遠目にも目立つ建物で、中も広々としている。

幅五十メートルのプールは間近で見ると、その長さに圧倒される。飛び込み台など、下から見上げるだけで足がすくむ。けれど、絶えず揺らめいているプールの水を眺めるのは心地よかった。

「今度こそ、金メダルを獲ってくれるかしら」

「誰ですか」

「田中聡子ちゃん」

「ああ、女子水泳の」

今日は女子二百メートル背泳ぎがあるのだ。前回のローマ大会では銅メダルだったから、次は金メダルだと、朝からテレビでも騒いでいた。

平静を装ったが、マツ子も内心期待していた。

田中選手もきっと毎日疲れているはずだ。それも自分よりずっと。

二十二の子が頑張っているのだ。三十六の自分が踏ん張らなくてどうする。親の看病は子の仕事。誰もがやってきたことなのだから、自分にもきっとできる。学校で優等生だったという田中選手に、マツ子は勝手に自分を重ね合わせ、励まされていた。

「獲れますよ」

「そうよねえ」

「ええ、必ず」

マツ子は無愛想な声で言い、隣の奥さんに会釈をして歩き出した。

頑張ってほしい。

絶対に勝てる。何年も努力しているのだから。

報われて当然――。

マツ子は祈るような気持ちで念じた。

田中選手が勝てるなら、きっと自分も頑張れる。

銅メダルだったローマ大会からの四年間は、きっと長かったはず。

若い子が毎日冷たい水にもぐり、黙々と自分の体をいじめ抜いてきたのだから。報われないはずがない。

ここのところ、よく表彰台を思い描く。

マツ子の頭の中では、もう田中選手は勝っていた。表彰台に立ち、金メダルを胸にかけ、誇らしげに手を振っている。よくやった。日本中から祝福の声が飛ぶ。そういう田中選手を想像するだけで、鼻の奥がつんとしてくる。負けて泣く悔し涙は自分に許さないマツ子だが、嬉し涙なら流してみたいと思う。

代々木駅で降り、吊り屋根を見上げて歩いた。

靴の踵《かかと》がカツカツと耳障りな音を立てる。ゴムがすり減り、中の金属が出てきているのだ。修理に行こうと思いながら、家と会社の往復でそれもできない日々が続いていた。美容院もずっと行っていないから、前髪が目にかぶさっている。

平日は会社で忙しいが、かといって日曜に休めるわけでもない。平日にできない大物の洗濯やトイレ掃除などの家事に追われている。平日と同じ時刻に目覚まし時計をかけ、一日中家事にいそしむ。

急ぎ足で歩いたせいか汗ばんできた。出がけに急いで剃刀《かみそり》を当てた鼻の下がひりひりする。いつからそうだったのか、今朝鏡を見たら、鼻の下が産毛で真っ黒だった。びっくりして剃ったが、愕然《がくぜん》とした。

父の世話にかまけ、自分のことは全部後回し。そんな暮らしがいつまで続くのだろう。鼻の下はともかく、新しい靴を買う余裕はなかった。マツ子の給料で、父と自分の二人が食べているのである。これまでも大して余裕はなかったが、今は病院代が重くのしかかっている。毎月決まった額が入ってくるだけいいが、給料は入社したときからいくらも上がっていない。これから先も、大幅に昇給する見込みは薄かった。

父の病状が悪化したらと考えると、体の芯が冷たくなる。

睡眠不足が続いているせいか、このところ体が重くてたまらないのだ。朝起きるのがつらく、ときには眠気に負けそうなときもある。

頑張らないと――。

日々そう自分に言い聞かせ、ともすれば怠けたくなる己を叱咤している。真面目にやっていれば、いつかは報われる。毎日呪文のように唱えている。

女子百メートルの背泳ぎで、田中選手は順当に決勝へ進んだ。

「さすがですね」

タッチ板関係者用のブースの中で、マツ子は同僚と言い合った。

その日、代々木のオリンピックプールには一万人を超す観客が詰めかけていた。屋根には排風機があり、換気はされているのだが、ブースに座っているだけで、観客の熱気に当てられるのか、じんわり汗がにじむ。予選突破は堅いと踏んでいても、実際に結果が出るまでは心臓がどきどきした。

いよいよ決勝がスタートする。予選を勝ち抜いた選手がスタート台に立ち、名を呼ばれて手を上げる。

「頑張れ」

同僚のつぶやきに合わせて、両手を組み合わせる。掌《てのひら》に汗を掻《か》き、足が震えた。

プールまでは距離があり、水中にいる田中選手の表情は読めなかった。堂々と落ち着いて見えた。応援しているだけのマツ子のほうが、よほど緊張している。やがて号砲が鳴り、選手たちが一斉に飛び出した。

「行け！」

同僚はスタートと同時に立ち上がり、大声を出した。マツ子は両手を組み合わせた姿勢で、目を見開いてレースを追った。自国の選手を応援する声で、場内は割れんばかりの歓声でふくれ上がっている。

田中選手は懸命に泳いでいた。よく焼けた腕が、力強く水を掻いた。すごい速さだ。規則正しいリズムで右、左、と腕が水面から覗く。

右、左。右、左——。

胸の中で同じリズムを刻み、目で追う。

予選のときより、さらにスピードが出ているようだ。こんなにも人は速く泳げるのかと、頬に鳥肌が立つ。

「右、左。右、左」

気がつくと、声が出ていた。同僚は前のめりになり、腕を振り上げている。

田中選手は瞬く間に五十メートルを泳ぎ、ターンした。あと残り半分。さらにスピードは加速し、ほとんど魚さながらにゴールへ向かっていく。

すごい。

すごい、すごい。

頭の中で同じ台詞を繰り返した。それしか言えない。本当に、何という速さだろう。

勝った——。

マツ子は確信した。

田中選手の泳ぎはゴールが近づくにつれ、力強さが増していくようだった。マツ子は腰を浮かせた。組み合わせた両手を外し、大きく広げ、田中選手がゴールするのを待った。

残り二十メートル。

素人目にも、田中選手が力を振り絞るのがわかった。

タッチした瞬間、マツ子は勢いよく立ち上がった。両の掌を打ち鳴らし、自分にできる精一杯の拍手を送る。

「あーあ」

どういうわけか、隣で同僚がため息をついた。

「負けたか」

がっかりした声で言い、かぶりを振る。

「え?」

「メダルも逃しちゃいましたね」

眉を下げ、同僚は苦笑いした。マツ子はぽかんとした。何を言っているのだろう。負けたとは、どういうことなのか。

「今度は金メダルが獲れると思ったんだけどな」

「違うんですか?」

マツ子が問うと、今度は同僚がぽかんとした。

「あれ？　見逃しちゃいましたか。田中選手は四位ですよ」

同僚はゴールを指さした。

田中選手はまだ水の中にいた。顔を上げ、隣の選手を見ている。彼女が先にゴールしたのだろうか。

「自己記録を更新したんだけどなあ。やっぱり若手には敵わなかったのかな」

一分〇八秒〇六。

素晴らしい記録を出したのに、田中選手は四位だった。マツ子は食い入るようにプールを見た。負けた悔しさで動けないのか、長い間、田中選手はプールから上がらなかった。いつまでも水の中でじっとしている。

一万超の観客が田中選手を見ていた。みな立ち上がり、盛大に拍手している。目を凝らすと、田中選手の頬がぬれていた。水ではない。涙だ。田中選手は泣いていた。日に焼けた肌を涙が伝い、顔をくしゃくしゃにしている。

自己記録を更新したのに――。

負けるなんて。そんなことがあるのか。頑張ったのに。負けたのか。

急に目の前がぼやけ、マツ子はあわてて奥歯を嚙んだ。それでも、「くう」と情けない声が漏れた。同僚が驚いた顔をしたのが横目に映る。無表情で、いつもむすっとしているから鉄仮面。そのマツ子が泣いたことに、同僚はとまどっていた。

鬼の目にも涙。

今日のことが伝わったら、そんなふうに言われるのだろう。陰で笑われるかもしれないが仕方ない。止まらないのだ。次から次へ涙が出てきて、どうにもならない。マツ子は自分が泣いたことに驚いた。ずいぶん長く、涙を流さずに過ごしてきたのである。もうとっくに泣き方を忘れてしまったと思っていた。それなのに、涙は勝手にあふれてきて、マツ子の頬をしとどに濡らしている。

みっともない。

頭では、そう考えていた。いい歳をした女が同僚に見られながら泣いている。でも、いい。誰に何を言われても構わない。マツ子はいつまでも泣いた。泣きながら、田中選手に感謝の念を送った。

ありがとう。

本当にすごい。

やっぱりあなたは強かった。

自分が闘ったわけでもないのに、どうしてこんなに泣けるのか。

マツ子は不思議だった。しゃくり上げるうちに気持ちが落ち着いてくる。長い間、自分に涙を許してこなかった分、泣くのはびっくりするほど気持ちがよかった。これなら涙を流すのも悪くない。

勝負に負けても感動することに、マツ子は驚いた。が、考えてみれば当たり前だ。人が持てる限りの力を尽くして闘う。その姿に感動を覚えないわけがない。負けてもいい。それでもなお、心に残る勝負がある。

この日、代々木のオリンピックプールにいられたのは、得がたい幸運だった。この先、マツ子は田中選手のことを何度も思い返すだろう。あの泳ぎを、あの涙を、自分は一生忘れない。


オリンピックが終わると、また会社と家の往復の日々に戻った。

タッチ板の班は解散し、マツ子は庶務をしている。東京オリンピックの後、会社は業績を伸ばしているが、事務員の仕事にはさして大きな影響はない。マツ子がふたたび定時に帰れる暮らしに戻り、父の容態も安定した。

ようやく夏の疲れも取れ、食欲も出てきた。マツ子は会社に申請し、三日間の有休を取った。それほど長い休暇をもらうのは、会社生活始まって以来の暴挙である。上司は嫌な顔もせず、喜んで判を押してくれた。

「しっかり休んで、元気な顔で戻ってきてくれよ」

明日から三日休めると思うと、手の込んだ夕飯をつくる気になった。栗ご飯と茶碗蒸し。それと揚げ茄子。あとは秋刀魚を焼こうか。どれも父の好物だ。栗の皮を剝《む》くのが面倒だが、秋なのだから食べさせてやりたい。

八百屋で銀杏と茄子を見繕っていると、肩を叩かれた。

「こんばんは」

見合い相手の雄一郎である。焦げ茶色の背広に同じ色の鞄を提げ、にこにこしている。

「今日は茶碗蒸しですか」

「はあ」

「僕は豚カツです」

雄一郎は朗らかに言った。

「早く帰れたから、ご馳走にしてやろうと思って」

「ご自分で揚げるんですか」

「はい」

「すごいですね」

男がそこまでやるのかと、マツ子は感心した。父も年寄りの割に揚げ物が好きだが、衣をつける手間と油の始末を思うと、億劫でつい避けてしまう。が、子どもたちは大喜びだろう。揚げ立ての豚カツはご馳走だ。

「ま、そっちに手をかける分、総菜は出来合いです」

本当は付け合わせのキャベツも出来合いにしたいところだが、さすがに売っていないので、自分で切るという。一番大きなキャベツを包んでもらうと、雄一郎は会釈をした。隣の総菜屋へ行くらしい。

「あの」

思わず声をかけると、

「はい？」

雄一郎は笑顔でマツ子を見た。

「その後、どうですか。お見合いのほう」

自分でも何を言っているのかと思った。顔が熱くなり、マツ子は目を伏せた。

「からきしですよ」

屈託のない声が返ってきた。目を上げると、雄一郎はマツ子に笑いかけた。普通の顔だと若々しいが、笑うと目尻に皺が寄る。年相応の顔になると、ハンサムが二割がた減ったように思えた。そこがよかった。マツ子は自分も笑いかけた。

「じゃあ、また」

雄一郎は総菜屋に入っていった。

「ええ、また」

マツ子は小さな声で返事をして家路についた。

結局、八百屋では何も買わず手ぶらで帰った。

「今日は外で食べましょう」

家に着くなり、マツ子は言った。縄編みのセーターを着てテレビを見ていた父は、ぽんと膝を打った。

「よし。行くか」

二人で近くの定食屋へ行き、父は秋刀魚、マツ子は豚カツを注文した。一本だけビールをもらい、父に注ぐ。とっとっ、という小気味いい音を聞くと、頬がゆるむのが自分でもわかった。

「おいしい」

マツ子がもらすと、父もうなずいた。

「うめえな」

「たまには外食もいいわね。手抜きだけど」

「どんどんやれ。そのほうがありがたい」

「そうなの？」

「毎日だと飽きるけどな。週に一度くらいお前が少しでも楽をしてくれると、こっちも気が楽だ」

「ふうん」

空腹にビールが染み、お腹の中がぽかぽかしている。マツ子は熱い豚カツを頬張り、舌鼓を打った。

「父さん」

「うん？」

「あの話、先へ進めてもらいたいの」

父は赤い顔をして、マツ子を見た。

「ほら、この間のお見合いの話よ。あの人なら、父さんも気が楽なんじゃないかしら」

ハンバーグはマルシンで、豚カツを自分で揚げたら、付け合わせは総菜にする。

そんな人なら、父も気疲れしなくてすみそうだ。雄一郎は二人の子持ちだから、いっぺんに孫もできる。

うまくいくかどうかはわからない。が、試してもいいと思った。やってみて駄目なら仕方ない。どうしたって、頑張ってもうまくいかないことはあるのだから。

「叔母さんに頼んでみてくれる？」

マツ子が言うと、父は「ああ」とうなずき、秋刀魚に手を伸ばした。

明日――。

天気がよかったら布団を干そう。

それから家中に掃除機をかけて、午後からは路面電車に乗って銀座に行く。いつもの服田時計店を横目に銀ブラするのだ。

仕事も一段落したことだし、松屋かどこかで新しい服を買いたい。あとは靴。いつも歩きやすいのばかり買っているけれど、一足くらい爪先の尖《とが》ったパンプスを持つのもいいだろう。マツ子はビールを飲みつつ、明日の計画を立てた。

第五話

一九六四
東京オリンピックの向こう

エチオピアのアベベ・ビキラ選手は、1964年の東京オリンピック男子マラソンで世界最高記録をたたきだし、近代オリンピック史上初の２連覇を成し遂げた。にもかかわらず、ゴール後には「あと10キロは走れた」と語ったという。

1

一九六四（昭和三十九）年のこと。

オリンピックなんて早く終わればいい。

とても口に出しては言えないけれど、頼子《よりこ》は心から願っている。

「申し訳ありません」

受話器越しに詫び、頭を下げた。

小学四年生の息子の昇太《しょうた》のことで苦情がきたのは、今月に入って二度目だった。

同級生の家に遊びにいき、喧嘩《けんか》になったのだという。取っ組み合いをして相手の子に擦り傷を負わせたらしい。

「お医者さんに行くほどではないんですけど」

電話口の母親の声はあくまで慇懃《いんぎん》である。

「でも、怖がっているんですよね。昇太くんのこと。すぐに怒る、って」

「本当にすみません」

頼子はふたたび頭を下げた。

肥《ふと》っているせいもあるが、もう十月に入ったというのに、決まり悪さで全身から汗が噴き出す。

まさか自分の知らないところで、よそ様の子に怪我をさせたとは。いくら医者に行くほどではないといっても、直接頭を下げに行くべきだろう。

それにしても、と思う

どうして取っ組み合いなどしたのか、頼子には解せなかった。友だちに乱暴するなんて、昇太らしくもない。

「お家で何かあったのですか?」

同級生の母親に問われ、返事に窮した。

正直なところ、こちらが訊きたいくらいなのだ。お宅で何があったのかと。

うちの昇太は体こそ大きいが、おとなしくて気が小さい。口下手で引っ込み思案でもある。母親としては少々心配していたくらいなのだ。

男の子は少し腕白なほうがいい。父親がいない分、強く育ってほしいと願っているのだが、こういう展開を望んでいたのではない。喧嘩するのはともかく、弱い者いじめは駄目だと、あの子ならわかっているはずなのに。

「もしもし? 聞こえてます?」

「はあ」

「お家で何もないんですか？」

「ええ。思い当たるようなことはありませんね」

「あら、そうですの」

頼子の言い分に、相手は鼻白んだようだった。ひとの子に怪我をさせておいて何だと言いたいのだろう。

しばし間を開け、同級生の母親は芝居がかった声でもらした。

「やっぱり、お母さんが働いていらっしゃると、目が届かないのかしらね」

言われると思った。

お決まりの台詞。何かあるたび、いつもこれだ。

お父さんがいないから。

母親が外に出ているから。

一人親で、子どもの世話が行き届いていない。

わかっている。そんなの、母親の自分が一番わかっている。けれど、どうしろと言うのだろう。母親だったら家にいて、朝から晩まで子どもを見張っていろというのか。毎度のことながら腹が立つ。

こんなことなら、アパートに電話を引かなければよかった。頼子は台所の隅に鎮座する、黒電話を睨《にら》んだ。ただでさえ苦手なのだ。こちらの都合も考えずいきなり鳴り出す不躾《ぶしつけ》さといい、けたたましいベルの音といい、心臓に悪い。

夫の孝一は三年前に亡くなった。

そのときも電話で知らされた。享年三十歳。警察官で殉職《じゅんしょく》だった。

以来、頼子は女手ひとつで昇太を育てている。退職金や特別賞恤金《しょうじゅつきん》でまとまった額をもらえたので暮らしには困らないが、昇太が将来進学するときに不自由な思いをさせたくなく、頼子は働きに出ている。世間はそういう母親を無責任だ、そんなことでは子どもが不良になると非難するが、母親が子の将来を案じるのは当然だ。

そもそも外で仕事していることの、どこが悪いといつも思う。

昇太が恥ずかしがるような仕事でもなし、毎月決まった給金をいただいている。他人様に後ろ指をさされる覚えはない。頼子はただでさえ分厚い胸を張り、ふん、と鼻を鳴らした。

京橋の新聞社でタイピストをしていると言えば、たいてい羨ましがられる。

すごいのね、優秀なのね、と。

半分はお世辞だろうが、タイピストが人気の職業なのは事実だ。おかげさまで母子二人、不自由なく暮らしているが、このところの残業続きには参っていた。

東京オリンピックのせいである。

競技の結果を翌日の朝刊に載せるため、新聞社は連日大忙しだ。タイピストは頼子に限らず、十月十日の開会式以降、残業三昧の日々を送っている。商売繁盛で結構な話だが、小学生の子どもを持つ母親としては困ってしまう。

できることなら、早く帰ってやりたい。

一人っ子の昇太は甘えん坊で、小学校に入学するまで頼子と同じ布団で寝ていた。父親に死なれた後は、しばらくは怖い夢にも悩まされていたようだ。母ひとり子ひとりになって三年目。この頃は留守番にも慣れ、背丈もぐんと伸びた。

頼子が帰るまで留守番をして、米を研ぎ、お風呂を洗ってくれている。

いい子に育っている。そう思っていた。

この春で身長も百五十センチを超え、頼子を追い越した。固太りで、腕も足も丈夫そうである。

死んだ夫に似て、きっと強い男になるだろう。

親の欲目かもしれないが、頼子は昇太の将来に期待していた。もしかすると父親と同じく警察官になるかもしれない。そうでなければ、教師か医者。何であれ、真面目な昇太のこと、堅い職業につくだろう。

まさか同級生と喧嘩した挙げ句、相手に傷を負わせるとは思いもよらなかった。昇太は警察官の息子なのだ。死んだ父親から、分別も十分に教え込まれてきたはずである。

なのに、なぜ。

頼子は肩を叩き、ため息を吐いた。

とにかく着替えて夕飯をつくらないと。帰宅した途端に電話が鳴ったものだから、仕事着のままだ。頼子は、毎日使っているせいですっかりくたびれたショルダーバッグを壁にかけ、腕時計を外した。手早く普段着に替えて台所に立ち、米を研いだ。

昇太は玉暖簾《たまのれん》の向こうの四畳半でテレビを見ている。

ただいま、と声をかけても振り向こうとしない。

「うん」

と、小さな声で返事をしたきり。母親に顔を見せず、四畳半のちゃぶ台で宿題をしている。今の電話の内容を察しているのだろう、後ろ姿がこわばっている。

本当は叱るつもりでいたが、しょんぼりと丸まった背中を見たら、今日のところは見逃してやろうという気になった。

「今日は唐揚げにするからね」

声をかけると、肩がびくんと撥《は》ねた。唐揚げは昇太の好物。いつもなら顔を輝かせるのに、やはり振り向かない。

小学四年生。ほんの十歳なのだと思うと、我が子ながら不憫《ふびん》になる。

戦時中ならともかく、今は父親を亡くす子も少ないだろう。兄弟もいない。昼間は仕事に出ている母親との二人暮らしで、昇太がさみしい思いを抱えているのは十分に想像がつく。

でも、しょうがないのよ。

胸のうちで昇太の背に語りかけた。

いい加減、慣れなさい。もう三年も経つのだから。

とはいえ、そんな分別を期待するには、まだ早いか。大人の自分でも泣きたいときがあるくらいだ。

よし。

落ち込んでいる子どもには、おいしいご飯が一番。お腹いっぱい食べて眠れば、嫌なことなど忘れてしまう。死んだ父親を生き返らせてやることはできないが、母親の自分が元気にしてやろう。

頼子は頭から割烹着をかぶり、研いだ米を土鍋にかけた。夫が生きていた頃から、家では電気釜など使わない。

嫌なことがあった日には、とにかくお腹いっぱい食べること。これは頼子自身が心がけている健康法だ。

拳骨《げんこつ》大の鶏肉にニンニクをたっぷり擦り込み、じゅうじゅう揚げた。付け合わせはポテトサラダ。作っているうちに土鍋が湯気を噴き、コトコトといい音を立てて鳴る。頼子は茹《ゆ》でたじゃがいもを木べらでつぶし、キュウリとにんじんを小口切りにした。

西向きの台所にいい匂いが満ちてきた。

唐揚げは皿にあふれるほど。ポテトサラダはお玉でまん丸にして皿に盛り、ご飯も好きなだけお代わりさせてやろう。

死んだ夫も唐揚げが好きだった。夕飯に出すと、昇太と競って食べていた。

今日は頼子が父親の代わりに、昇太と競争するつもりだった。

百四十五センチと女としても小柄ながら、頼子はすこぶる食が太い。子ども時代、背が伸びるようにと、母親にご飯をたくさん詰め込まれたせいだ。会社に持っていくアルミの弁当箱も男用で、家でも力がつくよう丼でご飯を食べている。おかげで体重は増える一方、この間も仕事着のスカートを直しに出したばかりだ。

頼子はマヨネーズを瓶から小皿に移した。それをケチャップと混ぜているところへ、のっそり昇太があらわれた。うつむいて、頼子と目を合わせようとしない。

「宿題終わった？」

訊ねると、下を向いたまま顎を引いてうなずく。

テレビをつけ、ちゃぶ台にお膳立てをした。いただきます、と頼子は大きな声で言い、箸を手に取る。

「ご飯も一緒に食べなさいね。あと、お味噌汁も」

頼子はテレビの音に負けないよう、声を張った。

昇太は口いっぱいに唐揚げを頰張《ほおば》り、黙々と食べた。話しかけても首を横に振るか、うなずくだけで声を出そうとしない。ものを食べながら喋《しゃべ》ってはいけません。日頃の躾《しつけ》が、こういうときに仇《あだ》となる。

四畳半の居間に咀嚼《そしゃく》音ばかり響く。頼子は昇太より早く、三つ目の唐揚げに箸を伸ばした。マヨネーズケチャップの代わりにレモンを搾って食べると、酸味で食が進む。まだ粗熱の取れていないポテトサラダも我ながら上出来。炊き立てのご飯もおいしく、あっという間に丼が空になる。

一方、昇太は食が進まないようだった。

唐揚げも二つ食べたきりで、ご飯もお代わりをしない。

お味噌汁を一気に飲み干すと、昇太は食卓を立った。

「もういいの？」

あわてて呼び止めると、口を動かしながらうなずく。

「唐揚げ、残っているじゃない」

「いらない」

昇太は空になった茶碗とお汁椀を抱え、台所へ運んだ。自分の食べた分は自分で始末するようにさせている。

居間には頼子ひとり残された。唐揚げは半分も残っている。

「せっかく作ったのに。もったいない」

ぼやいたところへ大きな水音。昇太が蛇口をひねったのだ。

居間と台所は玉暖簾でしきられているだけである。食卓からも、昇太がシャボンを泡立てているのが見えた。食器がぶつかる音が耳につくのは、わざと手荒くしているせいだろう。

「乱暴にしないの」

頼子は昇太の背に向かって、声を張り上げた。

「お皿だって、ただじゃないのよ。割れたら誰が買うと思っているの」

昇太は頑として振り向かない。何とも反抗的である。

どうするのよ、これ――。

頼子は残った唐揚げを見て、ため息をついた。無理すれば食べられないこともないが、これ以上肥ったら、またスカートを直しに出す羽目になる。明日の弁当に入れることにして、頼子も皿を手に立った。

「買わなくていいよ」

やおら昇太が言った。

「え？」

「お皿なんて買わなくていい。唐揚げもいらない」

「どうして」

「別に」

昇太の言い方に、かっとなった。

「何でいらないの。あなたのために作ったのよ」

「俺、食べたいって言ってない。そっちが勝手に作ったんだ」

「何です、お母さんに対してその言い方」

昇太は泡だらけの皿を放り出し、自分の部屋へ駆け込んだ。ぴしゃりと音高く襖《ふすま》を閉め、閉じこもった。安普請のアパートだが、賃料は月々の給金の三分の一もする。頼子は昇太を追いかけた。

「開けなさい！」

襖を開けようとしたが、びくともしない。中から手で押さえているのか。もしかすると、心張り棒でもかっているのかもしれない。

「昇太！」

つい金切り声を上げてしまい、口を閉じた。

このアパートは壁も薄いのである。ちょっと大きな声を出せば、両隣に筒抜けだ。

「昇太ったら」

声を落とし、襖を軽く叩いてみる。

返事はない。完全に頼子を無視しているようだ。反抗期が来るには早過ぎるが、同級生と喧嘩をしたことといい、どうもおかしい。

頼子はため息をついた。

日頃は強気でも、こうなると途端に自信がなくなる。

昇太が友だちとうまくいかないのはなぜだろう。鍵っ子にさせているからか。よその家のように母親が家にいて、手作りのプリンでもおやつに出してやれば、友だちにも優しくできるのかもしれない。

できるなら、そうしてやりたい。

夫が生きていた頃は、頼子もそういう母親だった。お菓子作りと裁縫が得意で、外で働く女を少しばかり下に見る、専業主婦だったのである。

2

頼子が結婚したのは二十一のとき。

夫とは高校の同級生だった。二年生の途中から付き合うようになり、卒業後も縁が続いた。お互いに初めての恋人だった。

在学中に試験を受け、夫は警察官になった。

正義感にあふれ、情に厚い彼にふさわしい仕事だと感激した。頼子は短大卒業後、地元の信用金庫につとめた。保育士になりたくて短大は家政科に進んだが、結局事務員になった。どうせ数年で結婚退職するのだからと、腰かけで入れる仕事を選んだ。

公務員官舎で新婚生活を始め、翌年には昇太を授かった。

「とんとん拍子だね」

あるとき従妹の千代子が訪ねてきて、言った。

「ぱっと女の幸せを摑《つか》めるなんてすごい」

「胃袋で摑んだのよ」

もっとも、最初のきっかけは母の弁当だ。

高校一年生のとき。

うまそうだな、一口くれよ。と、たまたま隣の席だった同級生の孝太《こうた》に言われ、母の作った卵焼きを分けてやったのが縁だった。

頼子の持参する弁当は豪華だった。母が料理上手なのである。青ネギを刻んで混ぜた卵焼きに、孝太は目を輝かせた。頼子は当たり前と思っていたが、よその家から見ると、ずいぶん手の込んだものを食べさせてもらっていたらしい。

付き合いはじめてからは、自分で作ることにした。母に料理を教えてもらい、お揃いのハンカチで包んだ大きな弁当箱を二つ持参するようになった。すんなり結婚まで進めたのは、母仕込みの弁当が決め手だったのだと思う。

「ふうん」

当時、従妹の千代子は中学生。

英語教師になるのが夢で、学校の勉強を頑張っていた。成績も良く、高校からは奨学金をもらって、できれば四年制の大学へ進みたいという。

「わたしはお料理下手だもの。頼子ちゃん、すごい」

弁当をつくる暇があったら、勉強したいという娘だった。恋愛話などには何の関心もないだろうに、お世辞まで言えるのだからたいしたものだ。年下なのに、しっかりしている。

「千代子ちゃんのほうが偉いじゃない。四年制大学に行こうだなんて、わたしは考えたこともなかった」

褒め返したつもりで言うと、千代子は大人びた笑みを浮かべた。

「大学に行くのは就職のためだよ。先生になれば、ずっと働けるから」

「長く働きたいの？」

びっくりして頼子は訊いた。何を言い出すのだろう。女は、結婚したら仕事を辞めるのが普通だ。

「うん。手に職をつけて、定年まで働くつもり」

短大の家政科を出ても保育士にならず、信用金庫で事務員になった頼子は、目をぱちくりした。

「この先、何が起こるかわからないでしょう」

いかにも聡明そうな顔で言われ、頼子はうなずいた。けれど、そのときは軽く聞き流した。まだ中学生なのに堅実だと思っただけだ。

千代子は小学校に入る前に父親を亡くしている。交通事故だった。母親は小料理屋で仲居をして、千代子を育てていた。どうしても大学に進みたいから、受験のときは奨学金の手続きをするのだと、うちの両親が話していたのを聞いたことがある。

それにしても、「ずっと働けるから」とは。

中学生の女の子が今からそんな覚悟を決めていることに、当時の頼子は胸を痛めた。かわいそうにと、同情までした。

千代子と比べ自分はずいぶんと呑気だ。手に職をつけたい、などと考えたこともない。卒業アルバムには「お嫁さんになりたい」と書いた。それで十分と思っていた。頼子は従妹との違いを少々申し訳なく思いつつ、公務員の夫がいることに安堵した。

無意識ではあったものの、そこには優越感も含まれていたかもしれない。

呑気だったと、あの頃の自分に呆れる。

生きていれば、何が起こるかわからないのは本当だ。

真面目で誠実な人と結婚しても、それで人生安泰とはいかない。

昇太が生まれる前には、夢にも思わなかったが、今の頼子は職業婦人をしている。それも保育士ではなくタイピストだ。夫の葬式に来てくれた、短大時代の友人が厚意で古いタイプライターを譲ってくれたのである。

「子育てをするなら、お金が要るでしょう?」

同じ短大といっても、英文科に通っていた友人はお嬢さまだった。働く予定もないのに、タイピストの技術を身につけていた。初七日をすませた頃、家にタイプライターが届いた。家事手伝いの友人は、毎日通いで教えにきてくれた。

頼子はよく食べるだけにガッツがある。無我夢中でタイピングの技術を身につけ、友人の紹介で職についた。京橋の新聞社など、以前の頼子だったら背伸びをしても届かない職場である。おかげさまで満足な給金をいただき、親子二人、安心して暮らせている。

仕事は本当にありがたい。

神奈川に暮らす実家の両親も、頼子以上に喜んでいる。お友だちのおかげでいい仕事に就けたのだから、せいぜい感謝して働きなさいよと、帰省のたびに言われる。両親と同居している嫂《あによめ》は、いずれ自分の息子が大学を卒業したときには、就職の世話をしてもらいたいと、早くも算段しているようだ。

実際のところ、新聞社には一流の大学を出た人が多い。一生懸命に働くし、博識だ。まあ、それを笠に着て威張り散らす輩もいるが、こちらも子持ちの女、いちいち目くじらを立てるほど初心《うぶ》でもない。

「また肥ったんじゃないの?」と、顔を合わせるたびに言ってくる記者もいるが、「あら、お互いさまでしょ」と返すことも覚えた。

気にしていたら切りがない。

働き出してさらに肥ったのは本当だが、若い娘じゃあるまいし、節制する気もなかった。どうせ見てくれる夫もいないのだ、しっかり食べて力をつけたほうがいい。

タイピストは華やかな仕事のように言われているが、やっていることは地味だ。新聞記者が書いた文章をタイプライターで清書する。要するに書き写すだけだが、これが意外と難しい。

和文タイプライターを使いこなすには、まず二千もの文字の配置を覚える必要がある。漢字、平仮名、カタカナを自在に使い分け、しかも失敗は許されない。おまけにスピードも求められる。

初めて和文タイプライターを見たときは、「何これ」と、あぜんとしたものだ。昇太を育てるためでなければ、覚えようという気すら起きないだろう。花形の職業などと煽《おだ》てられているが、肩こりや腱鞘炎《けんしょうえん》に悩まされる大変な仕事だ。

このところの残業続きは、むろん東京オリンピックの絡みだった。

競技結果を他紙よりも早く新聞に載せようと、新聞記者は誰もが目を血走らせている。

今回のオリンピックでは初めて電子計算機が導入され、新記録やタイ記録が出たらその場でわかるようになった。トラック競技と水泳と陸上。それぞれ国立競技場をはじめとする各会場から競技後に即データを受信し、会場に詰めているタイピストが速報を配信する。記録のミスは許されない。ゆえに、どの会社も優秀なタイピストを配置する。もちろん、頼子もその一人だ。速報配信係でないタイピストも総出で会社に待機し、記者の下書きを活字に起こしている。

何がオリンピックだ。

そのせいで、こちらは我が子と過ごす時間を削られている。

競技の結果など、少し遅れたところで死ぬわけじゃなし。小さい子を抱えた母親にまで残業を強いなくてもよかろうに。

そもそも頼子はオリンピックが嫌いなのだ。偉そうに。世界的なスポーツ大会という割に、種目に偏りがあるとは何事か。

剣道がないなんて――。

どう考えてもおかしい。

競技結果をタイピングしながら、頼子は内心で不満をつのらせていた。剣道は日本を代表するスポーツなのに、どうしてオリンピックの競技種目に入っていないのだろう。柔道はあるのに、剣道はない。その違いが頼子にはわからなかった。だからオリンピックには肩入れできない。

死んだ夫は、剣道で日本一になったことがある。

高校二年生のときのことだ。その実績を評価され、警察官になったのである。もちろん学校では表彰された。新聞にも載った。地元ではちょっとしたヒーローになった。頼子も誇らしかった。家族も学校の仲間も、自分たちの町から日本一が出たことを喜んだ。いつもしかめ面で怒っているという、夫の師匠まで嬉し泣きしたのである。

普段は厳しい師匠の涙を見て、夫はもらい泣きした。それに感動して、頼子も泣いて——。今思い出しても胸が熱くなる。

運動音痴の頼子には、想像することしかできないけれど、日本一になるのは難しいことだろう。ことに剣道は日本に古くから伝わる剣術をスポーツにしたもので、長い歴史がある。もっと重く扱ってくれてもいいはずだ。

オリンピックに出る選手は、後世まで名が残る。

が、夫のことは、もう身内しか覚えていない。昇太に話して聞かせても、実際に目にしていないせいか反応が薄い。

「僕、そのとき生まれてないから」

小馬鹿にしたような顔で言うばかり。

夫が生きていたら、一緒に剣道を続けているだろうに。身も心も強くなるために。早起きして父と二人で素振りをしていた頃の昇太は、本当にいい子だった。真面目で稽古熱心で、夫をそのまま小さくしたみたいだった。

夫は常に、昇太に言い聞かせていた。お前は人より強いから、弱い者に手を上げてはいけない、と。

父を亡くしたとき、昇太は七歳だった。小学校一年生。

子どもとはいえ、父の教えは覚えているはず。同級生の親から苦情がきても、今も頼子は信じている。死んだ夫のように、昇太は必ずや強い男に育つ。暴漢に襲われている女の人を助け、刺されて殉職した父の背を追いかけ、勇敢な大人になる。

今日こそ早く帰ろう。

京橋へ向かう通勤電車で、頼子は心に誓った。日本中がオリンピックに浮かれているが、それどころじゃない。新聞社の仕事より、母親としてのつとめのほうがよほど大事だ。

留守番をしている昇太に、まずは何が食べたいか訊く。

余裕があれば、食後には甘いものも出してやろう。牛乳寒天かプリンなら、ご飯と一緒に作れば間に合う。

その日はめぼしい競技もなく、頼子は久々に定時で退社した。

アパートは無人だった。壁掛けの時計を確かめると六時半。いつもなら、とうに昇太は学校から戻っている頃だ。料理する前に掃除をしておこうか。姉《あね》さんかぶりをして部屋中の窓を開け、箒《ほうき》を手にしたところへ、じりじりと電話が鳴った。

ぎくりとして受話器を取る。

「もしもし？」

相手は初めて聞く声だった。同級生の藤山《ふじやま》くんの父親だという。

「高村《たかむら》昇太くんのお母さんですね」

折り目正しい口振りで問われ、思わず切りたくなった。また苦情だ。頼子は掌《てのひら》でぴしゃりと額を叩いた。

「何度かお電話したのですが、お留守でしたので」

と、藤山くんの父親は言った。

「そうですか」

「夕食どきに申し訳ありませんね」

「いえ」

「お仕事をなさっていると聞いたので、これでも遅くかけたつもりなのですが」

用件に入る前から、電話に出られなかったことを暗に責められた気がした。

「しかし、やはりこれは今日のうちに、お母さんの耳に入れておかないといけないと思いましてね」

「はあ」

「おたくの昇太くんが、家内に乱暴を働いたんですよ」

「え?」

思わず声が裏返り、自分でもびっくりした。

「奥様に?」

「ええ」

「うちの昇太が、ですか?」

「そうです。おたくの昇太くんが、家内の背中を突き飛ばしたんです」

話を聞いている傍から冷や汗が出た。頼子は姉さんかぶりを外し、顔をぬぐった。

「それで、あの。お怪我は」

「一応、医者に連れていきましたけどね」

幸い怪我はなかったが、大事をとって今日はもう休んでいるという。

「うちの息子のせいで、まことに、あいすみません」

受話器を両手で握りしめ、頼子は頭を下げた。

「まあ、怪我もなかったので、そんなに謝っていただく必要はありません。ですが――」

「はい」

「昇太くんをきちんと見てやっていただけませんか。お母さんおひとりで大変だとは思いますが、このままだと、いずれ警察沙汰になりますよ」

「警察、って……」

「体も大きいし、力も強いから。本気を出せば怪我をさせますよ。父親がいないからって、あんたも一応親なんだから。しっかりしないと」

電話を切った後、頼子はその場にへたり込んだ。まさか昇太に限って、と言いたいところだが、出鱈目《でたらめ》で電話をかけてくるはずもない。昇太が他人様を突き飛ばしたのは本当なのだろう。

重い体をひきずるようにして米を研いだものの、おかずを作る気力がなかった。

父親の分まで頑張っているつもりだが、やはり母親だけでは駄目なのか。

外で働いていると、どうしても目が行き届かない。そんなことだから、昇太はよその家のお母さんに手を上げるような悪童になってしまったのかもしれない。

いつまでぼんやりしていたのか、気づけば真っ暗になっていた。電灯の紐を引っ張り、壁の時計を確かめると、もう七時を回っている。クラス名簿を見て片っ端から電話したものの、どのお宅にも行っていないという。

「どこで遊んでいるのかしら」

尖《とが》った声でつぶやき、炊事でぬれた手を拭いた。サンダルを引っかけ表へ出る。

まったく。こんな時刻まで帰ってこないなんて、だらしない。母親が見ていないからと、調子に乗って。頼子は眉を吊り上げた。

十月も半ばになると、ずいぶん秋めいてくる。日が落ちた道を歩いていると、足下がひやひやする。頼子は小学校までの通学路をたどりながら、昇太を捜した。見つかるかどうかわからないが、他に思い当たる節がなかった。

父親がいないと、拗《す》ねているのだろうか。

そうなのかもしれない。が、そんなことでは駄目だ。

ただでさえ片親の子だと色眼鏡で見られるのだから、人の倍努力するのが当たり前。さっき電話をしてきた藤山くんの父親は、明らかにこちらを小馬鹿にしていた。何なのだ。自分だけならともかく、昇太のことを軽く見るのは許せない。

頼子は暗い道を早足に歩いた。ご飯も食べず、どこで何をしているのやら。頼子に叱られるのが怖くて、家を避けているのか。こんな時間に、小学生が一人で行けるところなどなかろうに。

アパートの前の路地を曲がり、少し広い通りに出たところで、頼子は足を止めた。

暗がりに、ひとところだけ明るい場所がある。人だかりがして賑やかだ。

何かしら――。

人だかりがしているのは町の電器屋だった。吸い寄せられるように近づくと、輪の中心に、見覚えのある坊主頭がいた。

「……昇太」

頼子の呼びかけは、明るい歓声に呑まれた。人々はカラーテレビを囲み、オリンピックを観戦しているのだった。昇太もその一人である。両端を中年男に挟まれ、ランドセルを前に抱えている。

首を伸ばし、口を開けている顔を見たら、かっと頭に血が上った。

「昇太！」

金切り声を上げると、坊主頭がくるりと振り返った。

「あっ」

顔をしかめ舌打ちをする。

「また、そんな行儀の悪いことをして」

頼子は人だかりに割って入り、背伸びをして昇太の襟首をつかんだ。力ずくで輪から引きずり出すと、昇太はおとなしくついてきた。前に抱えていたランドセルを背負い直し、頼子の後から歩いてくる。

「おっかないなあ」

人の輪から野次が飛び、頭に血が上った。が、振り向かなかった。怖くて結構。我が子が無事でいてくれれば、それで十分。

昇太の足音がついてくるのを確かめつつ、頼子は前のめりに歩いた。カラーテレビにかじりついていた昇太の姿が、まぶたの裏にちらついて離れない。

「違うんだからね」

前を向いたまま、頼子は言った。

「え？」

「お金がなくて買えないんじゃないの。買わないの」

「よく聞こえないよ。何の話？」

昇太がランドセルを鳴らし、頼子の隣へ走ってきた。

「もう一度、言ってよ」

こちらを見下ろし、子どもの声で訊く。

「テレビなら家にもあるでしょう」

頼子が言うと、昇太は鼻を鳴らした。

「白黒じゃん」

「それで十分でしょう。テレビなんて映ればいいんだから」

「みんなの家にはあるもん」

「みんなって誰のこと？　言ってみなさい」

顎を上げて詰問すると、昇太は黙った。口を尖らせ、ぷいと横を向く。昇太が適当なことを言っているのはわかっていた。電器屋はオリンピックを理由にカラーテレビを売り出しているが、実際に買い換えた家はまだ少数派だろう。

「いつも言っているでしょう。よそは、よそ。うちは、うちなの」

ゆっくりと、嚙《か》んで含めるように言うと、昇太はあからさまに嫌な顔をした。十歳なのに、もうこんな表情を覚えて。頼子は昇太の手を摑んだ。

「ちゃんと聞きなさい」

かわいそうだが、きちんとわからせるべきだ。いくら駄々をこねても、死んだ父親は生き返らない。さみしくても頼子と二人、身を寄せ合っていくほかにないのだ。

「カラーテレビなんていらないの。オリンピックなんて、すぐに終わるんだから。そんなに気になるなら、お母さんが結果を教えてあげる」

「どういうこと」

「お母さん、新聞社で記事を書いているから。ニュースに出る内容を知っているの」

せっかく自慢したのに、昇太は無反応だった。

ランドセルの肩ベルトを握り、ぐっと歩調を上げる。たちまち頼子は置いていかれそうになった。

「テレビなんて見なくても、お母さんから聞けばいいでしょ」

「別に。興味ないよ」

「だったら、どうして電器屋まで行って、テレビにかじりついているの」

昇太が見ていたのはレスリングの試合だった。

予選で、フライ級の花原勉《はなはらつとむ》が闘っていた。

テレビで放送していたのは、今日の試合の録画である。途中までしか見ていない昇太は知らないが、花原が勝った。明日の朝刊にはその記事が載る。記者の文章をタイピングしたから、頼子は試合の経過も承知している。

結局、その晩は昨夜の残りのカレーライスにした。

昇太は頼子と目も合わさず、黙々とスプーンを動かしている。温め直しのカレーライスは好物のはずなのに、お代わりもしなかった。

「今日、藤山くんのお家から電話がきました」

そう言うと、昇太は頬《ほお》をふくらましたまま目を上げた。

「あんた、いったい何をしたの」

「何もしてないよ」

昇太はふてくされた顔で口答えをした。

「嘘《うそ》おっしゃい。あちらのお父さんから全部聞いたわよ。藤山くんのお母さんを突き飛ばしたそうじゃないの」

喋《しゃべ》っている途中で、昇太がスプーンを置いた。カレーの皿を食卓に残し、立ち上がろうとしている。

「待ちなさい」

思わず金切り声を上げた。

「藤山くんのお母さん、お医者さんに行かれたそうよ。怪我でもしたらどうするの。警察に捕まるわよ」

それでも昇太は謝ろうとしない。頼子は目を見開いた。

「何とかおっしゃい。いいの？　警察に捕まっても。人に怪我をさせたら、子どもでも逮捕されるのよ」

頼子は興奮し、脅しめいたことを口走った。

「馬鹿じゃないの」

昇太は口を歪《ゆが》めて笑い、肩をすくめた。

「母親に向かって馬鹿とは何ですか！」

こめかみを引きつらせて怒鳴っても、昇太は動じなかった。白けた顔をして、じっと頼子を見据えている。

「怖い言葉で脅せば、僕がおとなしくなると思っているんでしょ。大人のくせに馬鹿みたい」

「何ですって！」

「そうやって、すぐに怒鳴るのも馬鹿みたいだよ」

我が子に三度も馬鹿と言われ、不覚にも涙が出た。

昇太はいつから、こんな悪い子になってしまったのだろう。

子育てに失敗した。この子はもう頼子の手に負えない。死んだ夫に何と詫びればいいものやら。子どもの前だというのに、一度出てきた涙は容易に引っ込まなかった。

次の週末、頼子はケーキを手土産に従妹の千代子を訪ねた。

「ごめんなさいね、突然」

電話で相談しようとも思ったのだが、千代子のアパートは呼び出し電話である。大家が聞き耳を立てているところで、子どもの話をするのも何だから、直接訪ねることにした。

かつて中学生だった従妹は、今では都下の公立中学校で英語教師をしている。

結局、四年制大学には経済的な理由で進めなかったが、短大で二種免許を取った。しかも、四年制大学へ編入するために勉強しているのだという。学生みたいな安アパートに住んで節約しているのは、学費を貯めたいからだ。

「何があったの」

昇太が同級生の母親を突き飛ばしたと言うと、千代子は眉を曇らせた。

「でも、わけがあると思うのよ。あの子は理由もなしに人に暴力を振るう子じゃないから」

頼子は早口に説明した。あの晩、泣いて悔やんだが、翌朝には思い直した。やっぱりおかしい。昇太は悪い子じゃない。

千代子はそれには肯かず、目顔で話の先を促した。

親の欲目と思っているのかもしれない。近頃の中学校は荒れているというから。けれど、昇太は小学生。まだ声変わりもしていない子どもだ。ランドセルを背負って、カラーテレビ目当てに電器屋へ行くような男の子が、理由なしに大人に手を上げるとは、やはり納得しがたいのである。

もしかして、家が貧乏だと、からかわれたのかもしれない。

東京オリンピックを契機に、テレビを買い換える家が増えた。新聞にも電器屋のチラシが毎日のように入ってくる。

カラーテレビのある家の子に、お前の家は、まだ白黒なのかと馬鹿にされて喧嘩になり、仲裁に入った母親に、うっかり手が当たったのかもしれない。そういう話ならわかる。

だとしたら、自分のせいだ。頼子は悔やんだ。

カラーテレビを買わないのは、お金のせいではない。

タイピストの給金は世間でもいいほうだし、貯金もたくさんある。カラーテレビくらい、買おうと思えば買える。頼子はオリンピックを見るのが嫌で、カラーテレビを買わないのだ。世間の浮かれ騒ぎに踊らされ、剣道をしていた父親を侮《あなど》ってほしくない。要するに自分のエゴだ。

新聞社に入ったとき、死んだ夫が高校時代に剣道で日本一になったと話した。そのときの記事をなくしてしまい、今でも夫の両親は惜しんでいると言ったら、古株の社員が探してくれた。

さすがに新聞社で、すぐに見つかった。

夫の記事は小さかった。その横に載っていた、オリンピックのローマ大会の記事のほうがずっと大きかった。夫は日本一なのに、優勝決戦に負けて、二位でオリンピック日本代表に選ばれた柔道の選手のことのほうが、よほど重要なことのように書かれていた。

これは見せられない、と思った。夫の両親にも、昇太にも。

新聞やテレビで言っていることが、世の中のすべてではない。半分はこじつけだが、もう半分は意地で、頼子はカラーテレビに背を向けたのだ。

教師といっても、千代子の勤め先は中学校。

「すぐには、わからないと思うけど」

昇太の一件について、教師仲間のつてを辿《たど》って、どんなことがあったのか調べてくれるという。

「あまり期待しないでね。父兄も絡んでいる話だと、教師も口が堅いの」

千代子は釘《くぎ》を刺して言ったが、翌週すぐに電話してきた。

「わかったわ」

「何だったの」

頼子は受話器にしがみつき、言葉をかぶせた。

「うん」

一呼吸置いてから、千代子は話しはじめた。

3

次の日、頼子は会社に行き、上司に声をかけた。

「本当に沿道でいいの」

「それで十分です」

「ずっと立っているのはきついと思うよ」

「平気です、体は丈夫ですから」

「まあ、確かに。——ちょっと時間くれよ」

上司は片手を上げ、どこかに電話をかけた。

頼子の顔つきから、本気で言っていると見て取ったのだろう。誤入力には厳しいが、タイピストを大事にしてくれる上司だった。昇太と二人で競技が見たいという、頼子の相談にも乗ってくれた。

新聞社には、東京オリンピック委員会から入場券を一定枚数、割り当てられているのだが、大口顧客への接待用に使ってしまって、余分はない。そもそも社員がもらえるものでもないのだが、頼子はチケットが欲しいのではない。沿道で競技を見たいのだ。上司はその頼みごとにも首を傾げたが、何とかしてくれるという。めったに欠勤もしない頼子が、いきなり頭を下げてきたものだから、上司は面食らっていた。

「どうにか取れたよ」

やがて電話を終えた上司が、頼子にピースサインをした。

「一等席、二枚」

「え？」

「沿道の一等席だけどね。カメラマンが許可してくれたから、俺の名前を出してくれれば入れるよ」

「ありがとうございます」

頼子は頭を下げた。新聞社なのだからと、思い切って頼んでみてよかった。

「しつこいようだけど、本当にいいの？　今からでも、探せば三等席のチケットくらい、どうにかなると思うけど」

「沿道がいいんです」

「へえ。変わってるね」

上司は不思議そうな顔をしている。

「すみません、その日は半日お休みをいただくことになりますが」

「いいよ。毎日頑張ってもらってるから。たまには息子孝行してきてよ」

「はい。夕方には会社に戻りますので」

「助かるなあ。夜食つきで待ってるよ」

日頃、体格をからかっている罪滅ぼしの意味もあるのか、上司は気前のいいことを言った。頼子は遠慮せず、厚意に甘えることにした。

話が決まると、頼子は仕事に戻った。

昇太を喜ばせてやれると思うと、自ずと気持ちが浮き立つ。明日は半休をいただくのだからと、頼子は大車輪でタイプライターを打った。なるべく迷惑をかけないよう、今日のうちにできることを済ませ、少し残業をしてから会社を出た。

買い物をして帰ると、三和土《たたき》に昇太の運動靴があった。

襖を細く開けると、昇太は机に向かっていた。宿題でもしているのか。お腹も空いているだろうに頑張っている。

勉強の邪魔をしないよう、そっと襖を閉めて台所へ行った。オリンピックのことは、夕飯のときに話すことにした。昇太がどんな顔をするか今から楽しみだ。その日は肉団子たっぷりのクリームシチューにした。

翌日——。

十月二十一日水曜日は秋晴れだった。朝、いつものように六時に目覚まし時計で起きると、もう昇太が身支度をすませていた。

「あら」

帽子をかぶり、リュックサックまで背負っている。

「遠足みたいね」

「遠足より楽しみだよ。昨日は嬉しすぎて眠れなかったもん」

知っている。

隣の布団は夜半まで、もぞもぞしていた。遠足の前の晩でも、これほど昇太は興奮しない。それだけ喜んでくれていると思うと、母親冥利に尽きる。

二人で目玉焼きと味噌汁で朝食をとり、仲良く歯磨きした。八時に頼子が小学校に連絡を入れ、昇太は晴れて欠席となった。

「学校のお友だちには内緒だからね」

「うん」

昇太は神妙な顔でうなずいたが、黙っていられるかどうか。自慢したくてたまらない顔をしている。それも無理はない。今から頼子と昇太はオリンピックのマラソンを観戦しに行くのだ。

駅を下りると、もう応援客で道がいっぱいだった。手に日の丸の小旗を持った一団や、見るからにおのぼりさんといった婦人連、おまけに外国人までいる。小学生や中学生の団体もいる。学校をあげて応援に来ているのだ。頼子と昇太は手をつなぎ、はぐれないよう、くっついて歩いた。

数ある競技の中でも、マラソン人気はすこぶる高い。オリンピック最終日ということもあり、沿道には大勢の観客が詰めかけている。昇太と二人で観戦できるのは、新聞社づとめの役得だ。

上司にあらかじめ聞いていた撮影場所へ行くと、もうカメラマンと助手が集まっていた。頼子が恐縮しながら挨拶すると、ちゃんと話が通っていた。

「狭くてすみません」

口髭のカメラマンに言われ、頼子はあわててかぶりを振った。

「とんでもない。こちらの勝手で、お邪魔してすみません」

頼子の礼にうなずいてみせると、カメラマンは撮影の準備に戻った。昇太は興味深そうな目でその様子を眺めていた。母親が新聞社で働いているといっても、撮影現場を目の当たりにしたのは今日が初めてである。いかにも物珍しそうな顔をして、そわそわしていた。昇太も興奮しているのだ。

沿道には、観客がなだれ込まないよう、柵やロープが張り巡らされていた。が、頼子と昇太は新聞社席にいるおかげで、柵の前で観戦できる。なるほど、沿道の一等席とはこういうことか。

朝早くから駆けつけた観客は日の丸の手旗を振り、選手が走ってくるのを待っている。

「さ、もうすぐ来るわよ」

声をかけ、昇太の肩に手を置く。背丈は追い越されたけれど、まだ子どもの体だ。帽子をかぶった頭も小さい。

どうしても、目の前でこの競技を見せてやりたかった。

頼子自身はマラソンにさして関心がなく、エチオピアのアベベと日本人の君原健二《きみはらけんじ》、円谷幸吉《つぶらやこうきち》選手の名前を知っているくらいだ。

その点、昇太は詳しかった。

「アベベは今回も裸足で走るのかな」

「どうかしら」

「でも、大丈夫かな。道路には硬い石やガラスの破片なんかも落ちてるもん」

「そうねえ」

「アベベは六週間前に盲腸で手術したんだ」

「あら、そうなの？」

頼子が初耳なのを見て取り、昇太は小鼻をうごめかした。

「そうなんだよ。だから、今回は君原が勝つよ。きっと金メダルだよ」

選手たちが近づいてくるまでの間、昇太はひっきりなしに喋《しゃべ》っていた。目をいっぱいに見開き、頰を紅潮させている。いつもなら周りへの迷惑を考え「静かにしなさい」と注意するところだが、今日は周りもやかましかった。むしろ大人のほうが騒がしいくらいだ。いよいよオリンピックも最終日とあって、興奮も最高潮に達している。

「あ、来るよ」

昇太が頼子の耳元にささやいた。

選手が走ってくるようだ。新聞社が陣取っている沿道からは、一人ひとりの顔が間近に見える。頼子は誰が誰だか判然としないが、昇太は盛んにその場で跳びはね、選手たちに手を振っている。

カメラマンを気遣い、頼子は昇太を小声で叱った。いよいよ選手たちが近づいてきたとあって、撮影の準備も緊迫してきた。いいアングルを確保しようと、カメラマンは立ったり座ったりと忙しい。

やがて観客の数が増えると、柵側から人が押し寄せてきた。中には無理やり新聞社の一団にまぎれ、頼子たちの前に割り込もうとする人もいる。

頼子は両足を踏ん張り、二人の場所を確保した。舌打ちされても、今日ばかりは譲れない。昇太のためなら、頼子はいつでもふてぶてしいおばさんになれるのだ。

いくら舌打ちされても平気だった。割り込ませるものか。頼子は肘を張った。この機会を無駄にするわけにはいかない。どうしても、ここからマラソンを見せてやりたいのだ。昇太にはそういう母心が解せないようで、肩をすぼめて下を向いている。そのうちカメラマンの助手が気づいて追い払ってくれたが、頼子はあと少しで怒鳴り声を上げるところだった。

「お母さん、すごい顔」

昇太が口を尖らせた。

「割り込むほうが悪いんです」

「そうだけど。恥ずかしいよ」

上目遣いで頼子を非難する。

ふん。

頼子は鼻を鳴らした。恥ずかしくてけっこう。ここからマラソンを見られるなら、何を言われてもかまわない。不機嫌になるかと思いきや、昇太はすぐに機嫌を直した。口で文句を言っても、割り込まれずに済んでほっとしているのだろう。

いよいよだ。頼子は深呼吸して気持ちを静めた。

選手の一団は塊となって走ってきた。

各国のゼッケンをつけた集団が、地鳴りと共に近づいてくる。その先頭に白いオートバイに乗った警察官がいた。選手の先導係だ。大型バイク数台が隊列を組んで先頭を走ってくる。

「警察の人よ」

頼子は、昇太の肩に手を置いて言った。

「後ろの人たちも、みんなお父さんの仲間。競技が安全に行われるように、ああして守っているの」

「ふうん」

昇太の薄い反応にかまわず、頼子は話し続けた。

「マラソンは公道を走るでしょう。間違えたら大変だから、ゴール地点に戻るまで警察官が先導するのよ。選手全員が無事に走れるように。それが警察の役割なの」

千代子に聞いた話によると、昇太は死んだ父を庇《かば》って喧嘩になったのだという。

夫を刺したのは、武道の心得もない女性だった。

金目当てで夜道をうろついていた年寄りが、通りかかった女性に襲いかかった事件だ。

自転車で夜警をしていた夫がその場に出くわしたとき、犯人の年寄りは包丁を振り回していた。女性は怯《おび》えてその場に座り込んでいたらしい。

夫は警棒で年寄りの包丁を撥《は》ね上げ、女性を後ろ手に庇った。警官として当然の行動だ。が、結果としてそのせいで命を落とした。女性は道に転がった包丁を拾い、咄嗟《とっさ》に胸の前で抱えた。

強盗が失敗に終わりそうで焦ったのか、年寄りは歯を剝《む》いて飛びかかってきた。まずは邪魔な警察官を始末しようとしたのである。が、女性は自分が襲われると思った。金切り声を上げ、反射的に包丁を前に突き出した。

夫は、助けた女性に背を刺されて亡くなった。

不幸な事故だった。夫の上司や同僚の方々はそう言い、頼子も受け入れた。女性は助かったのである。夫は警察官として任務を全うしたのだ。それでいい。頼子はやり切れない気持ちを無理やり呑み込んだ。お父さんは偉かったのよと、昇太にも納得させてきた。

けれど、同級生の何人かに囃《はや》し立てられた。

(お前の父さん、女に刺されたんだろ)

(剣道の名手だったたんじゃないのかよ)

(本当は弱かったんだろう？　それか、剣道なんか意味ないのかもな。柔道だったら爺さんを背負い投げで倒せたよ)

（馬鹿言うな。父さんは誰より強いんだ！）

それが、最初の喧嘩のきっかけだった。もちろん、悪いのは相手だ。同級生たちもすぐに謝り、仲直りした。が、またすぐに別の騒ぎを起こした。

同級生の母親を突き飛ばした理由も、同じだった。つまらないきっかけで口喧嘩になり、相手がまた父の話を蒸し返したのである。そこへ同級生の母親が止めに入り、喧嘩の理由を尋ねた。

（昇太の死んだ父さんは、剣道の名手だと嘘《うそ》をついて警察官になったんだよ）

同級生は母親に味方をしてもらおうと嘘をつき、昇太を悪者にした。話の見えない母親は、状況がわからないまま、喧嘩両成敗を強いた。あなたも剣道をやっていたなら、その意味がわかるでしょう。そう言って、無理やり昇太の頭を下げさせたという。昇太はその騒ぎが起きた後、剣道を止めてしまった。

千代子から一部始終を聞いたとき、頼子は顔を真っ赤にして怒った。

その場にいなかった自分に腹が立ち、涙が出た。働いているせいで傍にいてやれず、いざというときに守ってやれなかった。母親失格だ。

「昇太くん、自分が許せなかったのよ」

電話口で千代子は言った。

「誤解だとわかっているのに、どうしても許せなくて、同級生とそのお母さんに手を上げたんだもの。剣道の心得がある分、自分を責めたのだと思うわ。だから、お稽古も止めたんじゃないかしら」

その通りだろう。

昇太は父親を尊敬していた。人より強い分、弱い者には決して手を上げない、そういう姿を見て育ったのだ。同級生の悪口に腹を立て、摑みかかった自分にはもう剣道をする資格がない。そう考えたのだろう。

白バイの警察官がこちらに向かってくる。ぼんやり眺めていると、死んだ夫に思えてくる。頼子は目を見開いた。あっという間に走り去ってしまうだろうと思うと、まばたきするのも惜しい。

昇太に白バイの警察官を見せたかった。だから、沿道で観戦することにしたのだ。

ねえ、いい子に育ったでしょう――。

胸のうちで夫に話しかける。

本当に、あなたにそっくり。芯が強くて、負けず嫌いで。悔しいことがあっても、私に弱みを見せないところが、嫌になるくらい似ている。

夫は何かあっても口には出さなかった。何でもない顔をして黙っていた。死に顔もそうだった。いつもと変わらない顔をしていた。

試合で負けると、翌日から頼子の弁当を断り、稽古を増やした。うまいものを食うのは勝ってからだと、黙々と竹刀を振り続けた。手に肉刺《まめ》ができても、空腹で目を回しても稽古を続けた。そうやって日本一になったのだ。

誰よりも強くて、立派なところが好きだった。そんな人のお嫁さんになれて幸せだった。一生ずっと、あの人の隣で寄り添っていられると思っていた。

まさか、こんなに早く死なれるとは。

結婚したときは、夢にも思ったことがなかった。あの人に置いていかれるなんて、考えたこともなかった。悪い夢ならいいと、いまだに思う。

白バイの警察官が駆け抜けていった。頬に風を感じる。頼子は遠ざかる白バイを目で追いかけ、堪《こら》えていたまばたきをした。途端に視界がぼやける。

生きていたなら、あの人が先導役をつとめていたかもしれないのに。

見たかったわねえ——。

埒《らち》もないと承知で、つい想像してしまう。東京オリンピックのマラソンで、あの人が白バイを走らせる姿を見たかった。

頼子はゆっくり息を吸った。まったく昇太を叱れたものではない。いい歳をした大人が、いつまでも無い物ねだりをしているなんて。未練がましくて自分でも情けなくなる。

考えごとをしていたら、ふいに耳許で大歓声が沸いた。

先頭集団がすぐ目の前を駆け抜けていった。頭で考えていたより、数段速い。これがオリンピックかと思った。こんなスピードで四十二キロ余りも走れるのか。信じられない能力を持った人たちがいるものだ。

「アベベ、靴履いてた」

風のように去っていった選手たちを見送り、昇太がつぶやいた。

「履いていたわね」

「あれ、プーマだよ」

昇太はよく見ている。頼子は白い靴下に目をとられ、靴のメーカーのことまで気が回らなかった。

盲腸の手術を受けたばかりというハンデをはねのけ、アベベが二時間一二分一一秒〇二のタイムで圧勝した。

頼子は昇太とラーメンを食べてから、会社に戻った。最初からその予定で、昇太にも言い聞かせていた。オリンピック期間中に、タイピストが一日留守にするわけにはいかないのだ。

会社には、ほとんどの社員が残っていた。備え付けのテレビの前に集まり、カメラマンが撮影したシーンを見ている。頼子も一番後ろに加わり、アベベがゴールに向かって走る姿を見た。

とにかく速い。二十キロメートル地点からは独走だった。すらりとした体で楽々と駆け、ゴールしたときには両手を肩ほどまで上げ、控えめなガッツポーズを作った。

アベベ、三十二歳。ローマ大会に続き、世界最高記録でふたたび金メダルを獲った。

銀メダルは英国のヒートリー。日本人は円谷幸吉が銅メダルと大健闘し、金メダルを期待されていた君原は八位でゴールした。

近代オリンピック史上、マラソンで二連覇したのはアベベが初である。他を寄せつけない、完全な勝利だった。ゴールした後もアベベには余裕があった。軽く駆け足をしてから、細い足を広げ、その場で整理体操をした。

円谷幸吉は、国立競技場に入ってくるまで二番手だった。最後にヒートリーに抜かれ、追いつけなかったが、銅メダルを獲得した。

すごかった。

オリンピック最終日にふさわしい闘いだった。きっと、この日の闘いは歴史に残る。間近で選手たちを見たせいか、その日のタイピングには熱が籠もった。

この興奮を一刻も早く届けたい。気持ちが新聞記者に同化していた。

これか、と思った。新聞記者が常にいきいきと現場へ飛び出していくのは、こういう感覚なのかもしれない。

その晩、十時過ぎに家に帰ると、寝間着姿の昇太が待っていた。頼子と喋りたくて、眠いのを我慢していたらしい。

布団に入ってから、昇太と今日の試合の話をした。

「アベベ速かったね」

「明日の朝刊はアベベが一面よ。世界新記録で二連覇したんだもの。あの運動靴が良かったのかしら」

途中で昇太は眠ってしまった。人混みの中、大声で応援したから疲れたのだろう。

翌朝、早起きして新聞を取ってきた昇太は、枕を揺すって頼子を起こした。

「お母さんの言っていた通りだ！」

朝刊には、昨夜の頼子の話がほとんどそのまま載っていた。自分がタイピングした内容を伝えたのだから当然だが、昇太は驚いたらしい。

「お母さん、すごいや！」

上司に頭を下げ、マラソンを観戦させてもらってよかった。

こうして、一九六四年の東京オリンピックは幕を閉じた。

その日の朝刊によほど感動したのだろう。昇太は母親を尊敬する気になったようだ。ふてくされた態度をあらため、ご飯も残さず食べるようになった。自分なりに父親の死を乗り越えたのか、その年の冬には剣道の稽古も再開した。父親ほどの活躍はできなかったが、高校時代には都大会で入賞を果たし、大学を卒業するまで剣道を続けた。

そして、十五年後。

昇太は頼子がタイピストをしていた新聞社で働いている。

就職先を打ち明けられたときには驚いた。しかも、母さんと同じ新聞社で記事を書く人になりたいと言うから、つい泣いてしまった。記者の仕事は忙しいようで、昇太は毎晩遅くまで帰ってこない。体のことは心配だけれど、充実した顔をしている。好きな仕事を見つけられたのだと思うと、母親として嬉しい。

もう子育ても卒業だ。先日、頼子は新聞社に退職願を出した。働いていたおかげで貯金もできたから、あとはのんびり暮らそうと思う。

あの頃、オリンピックなど早く終わればいいと思っていた。

けれど、振り返ってみると、やはりいいものだった。

選手でなくても、末席で参加できたことが誇らしい。

叶うならば、生きている間に、もう一度東京オリンピックを見たい。そのときは、昇太の書いた記事が読めるだろうか。そのときまで、せいぜい長生きしたいものだと、頼子は思っている。

主要参考資料

『東京オリンピック1964』フォート・キシモト 新潮社

『TOKYOオリンピック物語』野地秩嘉 小学館

公益財団 日本オリンピック委員会HP
(https://www.joc.or.jp/)

読売新聞 1964東京五輪の記憶
(https://www.yomiuri.co.jp/special/olympic/)

ザ・都知事 歴代「首都の顔」
(https://www.jiji.com/jc/d4?p=tcj141-jpp02036789&d=d4_psn)

64年東京のいまを歩く 総理の娘は疲労困パニオン 良家の子女に訪れた詩風怒濤の日々
(https://www.sankei.com/column/news/150505/clm1505050009-n1.html)

中国新聞 シェフ修業時代の思い出
(http://www.ermjp.com/so/31/31.htm)

オリンピックの名花たち 池田敬子選手
(https://crmg.me/w/6257/21765)

時事ドットコムニュース 1964東京五輪特集
(https://www.jiji.com/jc/d4?p=tok606-jlp00905138&d=d4_spo)

中国新聞 生きて 東京五輪体操メダリスト 池田敬子さん(1933 ~)
(http://web.archive.org/web/20130602181810/
http://www.chugoku-np.co.jp/kikaku/ikite/ik110308.html)

産経新聞 探訪あの日あの時代 1964東京五輪 アベベが、円谷が走った
(https://www.sankei.com/sports/news/131020/spo1310200037-n1.html)

公益財団法人 新聞通信調査会 東京の半世紀
(http://jpri.kyodo.co.jp/225/)

伊多波 碧 Midori Itaba

2001年作家デビュー。
絶妙な語り口と活き活きとした
キャラクター造形に定評がある。
主な著書に『紫陽花寺』『恋桜』『ささやき舟』など。

リスタート!

あのオリンピックからはじまったわたしの一歩《いっぽ》

2019年2月21日 第一刷発行

著　者　伊多波 碧
発行者　松岡佑子
発行所　株式会社出版芸術社
〒102-0073東京都千代田区九段北1-15-15　瑞鳥ビル
電話 03-3263-0017
FAX 03-3263-0018
URL http://www.spng.jp/

印刷・製本　中央精版印刷株式会社

ISBN978-4-88293-515-5 Printed in Japan
JASRAC 出 1900744-901